방황하는 박우만의 사회

방황하는 박우만의 사회

파라북스 시집 003

초판 1쇄 인쇄 2024년 10월 20일
초판 1쇄 발행 2024년 10월 30일

지은이 | 박해석
펴낸이 | 김태화
펴낸곳 | 파라북스
편　집 | 전지영
일러스트 · 디자인 | 김영민

등록번호 | 제313-2004-000003호　등록일자 | 2004년 1월 7일
주소 | 서울특별시 마포구 와우산로29가길 83 (서교동)
전화 | 02) 322-5353　팩스 | 070) 4103-5353

ISBN 979-11-88509-80-5 (03810)

※ 값은 표지 뒷면에 있습니다.

※ 이 도서는 2024년 문화체육관광부의 ‘중소출판사 도약부문 제작 지원’ 사업의 지원을 받아 제작되었습니다.

박해석 시집

방황하는 박우만의 사회

오늘 울 일이 생겨

울 곳을 찾아 헤매다가

결국

지구 위에서 울었다

이 행성 밖 어디에도

통곡할 데가 없어서

파라북스

| 시인의 말 |

내 나름대로 시를 '당의정(糖衣錠) 시'와 '환약(丸藥)의 시'로 나누어 버릇한지도 꽤 오래된 것 같다.

당의정이라는 말은 문자 그대로 단맛을 풍기는 무언가를 껴입고 그 모양이 자못 매끈하고 야멸찬 느낌이 드는 반면에 환약이라는 단어는 환이라는 동글고 고담하고 애잔한 이미지에 약이라는 옹이까지 붙어 쓴맛이 배어나오는 데다 색조도 검은색, 회색 같은 무채색이 태반이다.

비호감에 외면받기 십상인 이런 환약의 시를 왜 30년간 간단없이 빚어 왔는지 지금도 잘 모르겠다. 무슨 억하심정이나 옹고집으로 그리된 것은 아니고, 아마도 세상사 인간사 양지쪽보다는 음지쪽에 더 눈이 가고, 기쁨보다는 슬픔이 있는 곳에 더 마음이 쏠리고, 한발 앞서 뛰어가기보다 한발 뒤처져 걷는 일에 더 정이 느껴지기 때문이 아닐까 싶다.

이번에도 이렇게 하여 가까스로 살아남은 피붙이들을 한자리에 모아놓고 보니 그동안 남의 눈치 안 보고 쓸데없이 여기저기 기웃대지 않고 온갖 것에 부대끼면서도 주눅들지 않고 싫은 내색 한번 없이 묵묵히 참고 견디며 오늘에 이른 이들이 하냥 안쓰럽고 대견하고 고마울 뿐이다.

하직의 인사도 못 올리고 보내드린 어머니 영전에 뒤늦게 이 시집을 바친다.

2024년 가을, 박해석

| 차례 |

제1부

제2부

제3부

제4부

제5부

제1부

악화일로

"성난 얼굴로 돌아보라!"

서방 어디에선가 불길처럼 타오른
이 단말마의 포효를
박우만(朴愚萬)은 이십 대 청춘에 처음 접하고
무슨 에피그램인 양
보란듯이 이마에 새기고 걸었었다

그 후 반세기가 지나는 동안
때로 머리에 가슴에 묻어두고 또
때로는 심장에 저며두고 살아왔다

해 논 것, 이룬 것 하나 없이
물컹한 살을 반죽해 떡을 만든 적도 없이
매양 열없이 거들먹거리는 뼈를 곧추세워
마음에 옹벽을 치고 살아온 것만이
전부인 것만 같은

오늘, 문득 뒤돌아보니
성난 얼굴들이 걸어온다
한 오십 년 전 박우만이
이마에 새긴 것과 똑같이

노기 띤 얼굴들이
오와 열도 없이 거침없이
진격해오고 있다

그들을 바라보는 박우만도 어느새 또
성난 얼굴이 되어 있다

호곡장(好哭場)

오늘 울 일이 생겨
울 곳을 찾아 헤매다가
결국
지구 위에서 울었다

이 행성 밖 어디에도
통곡할 데가 없어서

시집 코너에서

일찍이 악착아범 망명객 B.B.*가 노래했다

어두운 시대에,
여기서도 노래를 부를 것인가?
여기서도 노래를 부를 것이다
어두운 시대에 대해

뒤늦게 바통을 이어받은 팔푼이 P가 쓴다

야만의 시대에,
그런데도 시를 읽을 것인가?
그런데도 시를 읽을 것이다
야만의 시대에 대한

* 베르톨트 브레히트(Bertolt Brecht, 1898~1956): 독일의 시인 · 극작가.

종묘 정전

숨 한 톨 범접 못하게
고요의 정적의
한일자로 꽉 다문 입에
풍진에 벼린 자물통 해 달고
할 말 없구나
할 말을 잊었구나
군왕 제위여 왕후들이여
오봉은 어디 있고
일월은 어디로 갔는가
아, 한오백년
목내이(木乃伊) 조선이여!

공개서한

궁지와 명예를 먹고사는 사람들
목숨만큼 재산만큼 귀하게 여기는 인간들
만인이 알아보고 알아주는 위인들

공인, 너희에게 묻는다

궁지에 몰리고 명성에 흠집날 때면 으레
“국민 여러분께 심려를 끼쳐 죄……”
앵무새 한목소리로 주절거리는
마지못해 고개 숙여 주억거리는

아등바등 악착같이 살다보니
체면과 품위 제대로 갖추지 못한
국민(國民)인 우리를 그렇다고 매번 한꺼번에 싸잡아
궁민(窮民)으로 궁민 여러분들로 만들어 버리다니!

면류관들

하나같이 모자를 쓰고 앉아 있다

베레모를
비니를
중절모를
볼캡을
벙거지를
귀달이 방한모를

얼추 모자랄 것 없이
모자라 이름 붙인 것들이
시위하듯 모여 있다
하늘 아래 어렵사리 한세상을 지고 이고 온
노역에 대한 작은 보상인 듯
그렇다고 몽두를 덮어쓸 만큼
악하지도 강하지도 못한 군계(群鷄)들이
면류관 한 채씩 올려놓고
눈을 감고 팔짱을 낀 채로
입꼬리에 허연 침버캐를 묻힌 채로
무릎에 얹힌 한쪽 발을 간당거리며
안경 속 흐린 눈알을 굴리며
연신 졸음방아를 찧으며

교통약자석을 독채 전세내고 앉아
다 함께 어디로인지 실려가고 있다

종로3가 환승역에서

아니오
딴에는 법 어기지 않고
죄짓지 않고 살았소만
그렇게 보인다면 할 수 없소
아니오!
그리 생각하면 오해요
우수마발국 백성으로
똥오줌 널린 이곳에 뼈 묻을 마음
추호도 없소
티끌 한 점 안 남기고 사라질 거요
이건 진심이오
네? 언제 떠날 거냐구요?
참 야박도 하오
말 마치자마자 그리 다그치니
잠깐 머물다 떠난다는 게
이리 지체됐소만
염라국 비자 나오기 전이라도
저승사자가 부르면
앙탈 안 부리고 군말 없이 떠날 거요
그땐 미련 반푼없이 없어져줄 테니
너무 채근 마오
뭐요, 이제 가보라구요?

어디로 가란 말이오?
내가 지금 어디 있는 거요?
다, 다, 당신 누구요?

탑골공원에서

벤치마다 절망이 앉아 있다*

벤치에 앉은 절망이 눈을 끔벅이고 있다

벤치에 앉은 절망이 하품을 하고 있다

벤치에 앉은 절망이 침을 흘리고 있다

벤치에 앉은 절망이 조을고 있다

벤치에 앉은 절망이 비스듬히 기울어져 있다

벤치에 앉은 절망이 스르르 눕고 있다

벤치에 누운 절망이 죽은 듯이 꼼짝 않고 있다

벤치에 누운 절망이 모로 돌아누워 씹어 먹기 시작한다

벤치를, 절망적으로

* 프랑스의 시인, 샹송 작사가인 자크 프레베르(1900~77)의 시 「벤치에 절망이 앉아 있다」의 변주.

달팽이 슬랩스틱

빗속에 달팽이가 가고 있는데
온몸이 젖은 채로 가고 있는데
작정없이 길을 나선 죄밖에 없지만
이런 비쯤이야 하도 많이 겪어본지라
아무런 불평없이 가고 있는데
어디서 불쑥 나타났는지
강아지 한 마리도 따라붙어 가고 있는데
의좋은 오누이가 되어 사이좋게 가고 있는데
욜랑욜랑 달팽이 슬랩스틱 보아라
쫄랑쫄랑 강아지 스텝 밟는 거 보아라
비 긋느라 처마도 처마 같은 것도 아닌
손수건만 한 차양 아래에서
여럽게 어깨를 적시며 서 있던 중생 하나가
비를 터는 시늉으로 움씰움씰
마음에 올라붙은 비까지 털어내듯 움씰움씰하다가
끝내는 저도 그들 속에 끼여
강아지와 다리 하나씩 묶고
이물 오각(二物五脚)으로 제자리걸음하다
달팽이 슬랩스틱에 발맞춰 가는 걸 상상하고
웃는다
가는 길 솔찬히 남은 것도 까먹고
속 모를 웃음을 그냥 웃는다

다육이

종로5가 약국 거리에
고만고만한 어린것들이
무트로 반듯하게 줄 맞춰 앉아
봄볕을 쬐고 있다
온갖 소음과 소란과 먼지와 잡답에
쬐만한 심장이 제대로 숨이나 쉬고 있는지
귀 막고 입 막고 싶지나 않은지
자세 하나 흩뜨리지 않고
우린 그런 거 잘 몰라요
시침 뚝 떼고 앉아 있는 품이 대견하기도 하다
무럭무럭 크지 않아도 좋겠다
이렇게 다복다복 모여 살다가
어디로든 뿔뿔이 팔려 가더라도
다육이 동성동본 그거 하나만으로도
행복해했으면 좋겠다
다육아, 하고 부르면 서로 눈치 안 보고
쳐다봐주는 너희가 부럽단다
왜냐하면 나는 형제가 너무 없기 때문
누구나 배곯던 그적에는
네댓 자식쯤은 눈에 띄지도 않았는데
나는 그 축에도 들지 못했단다
떠나온 고향은 다르겠지만

오늘 이렇게 만나 너희 얼굴 맞대고 보니
헤어진 내 피붙이가 못견디게 그립구나
언젠가 너희처럼 이렇게 모일 날이 있을는지
어디로 가든 동기간 우애 잊지 말고
다치지도 병나지도 않고 살았으면 좋겠다, 다육아

낯달이, 웃었다

대박난 넷플릭스 드라마 〈오징어 게임〉 화면에
달고나 뽑기가 나오자
덤으로 스크린 밖 달고나 장수가 부활했다
야채 파는 할머니 뻥튀기 파는
할아버지 옆
붕어빵 굽는 아주머니 그 새중간으로
달고나 아저씨가 슬그머니 껴들어왔다
특별한 자본 장비 투자 없이
숙련의 기술이 없는 채로
길거리 영업을 시작했다
별 세모 동그라미 우산 모양의 달고나에 도전했다가
실패했거나 성공한 손님들은
참새가 방앗간 그냥 못 지나가듯
뻥튀기나 붕어빵 쪽으로 눈을 돌리는 바람에
때아닌 매출 신장이 일어났다
이가 다 빠진 할머니는 고구마순을 다듬다
그 쪽을 바라보며 입을 씰룩거리는데
할 일 없어 낮잠만 자던 낯달이
하늘 이불깃 살며시 열고,
웃었다
벌거벗은 부끄러움도 잊고
헤벌쭉 웃었다

JERUSALEM

떼 지어 바쁘게
걸어오는
군중 속에
홀연히
검은색
특대문자로
JERUSALEM
박힌
흰 야구모자가
나타나
그 알파벳 한 자 한 자
읽으며
환승을 위해
뭇 누에와
행렬을 이루어
가는 동안
잠실역 긴
통로 벽이
서서히
'통곡의 벽'으로
오버랩되는 것을
보았다

오감도(烏敢圖) 2022

송전탑망루아래길게형성된전선
까마귀이개중대가새카맣게진을치고있다
저끝간데없이펼쳐진겨울야전
허기와한기와조증과갈증
얼마나속속들이가슴을태웠던가
더이상잃을것이없는이들은
영육의검은수의로무장하고
고압전류의전율을온몸으로껴안고
척후병의세번까악까악까아악군호를기다리며
삭풍속에결사항전의시간을기다리고있다

인계철선 위에서

열이 많아서인지 평소의 습관 탓인지 가운을 있는 대로 열어젖힌 대머리 의사는 언제나처럼 두 종류의 안약, 인공눈물을 만들어 내는 것은 수시로, 항생물질이 들어 있는 것은 하루 네 번만 점안하라는 약사의 몫까지 미리 챙겨 일러주며 "초록을 많이 보세요 초록을"이라는 조언을 곁들이며 처방전을 써준다.

덥다. 오월 초순인데도 너무 덥다. 안압 체크에 이어 두 차례에 걸쳐 동공 확대약을 넣고 검사를 받은 탓인지 내리쬐는 햇빛에 눈앞이 흐릿하다. 초록을 많이 보세요 초록을. 그러니까 어떻게든 초록을 찾아 그 초록 가까이로 눈을 맞춰 초록이 눈에……중얼거리며 애써 눈을 크게 뜨고 가로수를 올려다본다. 오래된 길거리의 시종 시녀들. 지난가을 사지 여기저기를 절단당해 그런지 몸피도 왜소해 보이고 피부 색깔도 거칠어 보인다. 더욱이 일용할 양식인 먼지와 매연을 과잉 섭취한 후유증으로 폐가 상했는지, 취객들의 발길질로 하복부에 치명상을 입어 자궁을 들어낸 빈궁마마가 되어 그런지, 곧 녹음으로 활짝 펴야 할 얼굴이 까칠하기만 하다.

벌써 몇 번째인가, 하루가 멀다고 간판이 바뀌는 애물단지 점포. 오늘 또 오프닝 세레머니가 요란한 걸 보니 주인도 업종도 바뀌었나 보다. 벗을 수 있을 만큼 벗은 처녀 둘이 검은 망사스타킹 속 각선미를 뽐내며 귀청이 떨어져나갈 듯한 음악에 맞춰

춤을 추는 그 옆에서 실없는 막대풍선이 흐느적흐느적 허수아비춤을 추는 거기에서 스무 발짝쯤 떨어진 이곳에서, 삼열횡대로 늘어선 열두서 명의 정장 차림의 남녀 젊은이들이 어깨띠를 두르고 구호를 외치며 구십 도로 허리를 꺾어 행인들에게 절을 하며 회사 이름을 연창하고 자사상품 홍보에 열을 올린다. 예비신입사원 현장체험실습 시간인가 보다. 저 일사분란한 팀웍 속의 개개인이 머잖아 마음에 분란이 일어나고 조직의 쓴맛을 알게 될 때가 오리라.

육교에 오른다. 공업용 미싱으로 들들들 철심이라도 박았는지 출렁거리던 다리가 잠잠하다. 할머니 한 분 신문지 두 장에 모든 것 펼쳐놓았다. 상추 쑥갓 깻잎 시금치 두릅. 아, 이 초록 쌈들! 눈에 쓸어넣으면 눈이 좀 맑아질까. 초록 눈물을 흘릴 수 있을까. 무심코 왼쪽으로 고개를 돌리니 잠실 하늘을 내리닫이로 잘라먹은 타워팰리스. 저렇게 커다란 차단막을 쳐놓고 공중궁전에서는 날마다 무슨 공연이 펼쳐질까. 회전무대가 삐끗하여 거짓말처럼 그대로 땅속으로 미끄러져 들어가면 호화 카타콤이 될까 말까. 난반사 때문일까. 수많은 블루 혹은 연둣빛 유리창이 번쩍번쩍 눈을 쏘아댄다. 그렇게 느껴진다.

후끈한 열기를 데불고 양손에 비닐봉지를 든 아낙들이 바쁘게 오르내리는 바겐세일 공판장 입구. 그 한켠에, 싱크홀이라도 생겼는가. 노란 헬멧을 쓴 사내가 무릎 꿇고 뻥 뚫린 대지의 구멍에 바투 얼굴을 갖다 댄 채 소리를 지른다. 슬며시 다가가 그의 등 뒤로 들여다본다. 똑같은 헬멧을 쓴 사내가 난마처럼 얽힌 선들의 피복을 벗기고 알몸끼리 서로 짝을 지어주며 면테이프로 친친 감는다. 뱀이 또아리 튼 것처럼 붉고 푸르고 노랗고 검고 희고 초록인 선, 선 선 들. 개중 어느 붉은 선 하나가 갑자기 미친 도화선이 되어 쉿쉿쉿 불꽃을 일으키며 정신없이 기어가다 마침내 폭발음과 함께 하늘로 치솟아 혓바닥 날름거리는 화염이 되어 건물들을 집어삼키며 무너져 내리게 한다면? 그렇게 한순간에 이 도시가 붕괴의 소용돌이 속으로 빠져든다면? 그러나 그 절체절명의 순간 푸른 선, 초록 선 하나가 승천하는 용처럼 재빨리 솟구쳐올라 거대한 폭포 소리와 함께 성난 화마를 향해 사방팔방으로 물줄기를 쏘아댄다면?

그런 선이 하나라도 있다면, 그 선이 졸졸졸 명랑하게 흐르는 시냇물이 되어 한정없이 뻗어나간다면, 그 길 따라 멀리, 오래오래 가고 싶다. 덥다. 너무나도 덥다.

나 없는 곳

보았다고
한낮 종묘공원 비둘기 떼 떼거리로 내려앉아
맨땅에서 무언가를 열심히 쪼는 것을
물끄러미 바라보며
혼자 서 있는 것을

얼핏 뒷모습을 보니 닮았더라고
바로 누구 같더라고
수서전철역 마지막 열차에서 내린 듯
안개비 속에서 두리번거리더니
어디로인지 휘적휘적 걸어가더라고

술에 취했는지 가로수에 기대 있더라고
스르르 주저앉더라고
토하는지 우는지 어깨를 들썩이더라고
옆에 있던 여자 발 동동거리며
어쩔 줄 몰라 하더라고
조계사 앞 버스 정류장에서 일어난 일이라고

과천 서울대공원 호수에
돌을 던지다가
녹음 짙은 청계산 사타구니로

출렁출렁 오르내리는 리프트 행렬을
고개 젖혀 올려다보며
비 맞은 중처럼 구시렁거리는 것 같아
멀찍이서 한참 동안 지켜보았다고

— 끊임없이 들키고 사는 나여, 박우만이여!
나는, 내가 없는 곳으로, 어느 날,
나도 모르게, 깜쪽같이, 사라지고 싶다

천국을 웃기는 사람들

웬만해선 절대 자기를 보여주지 않는
핼리 혜성이 나타난 해에 태어나 살 만큼 살다
다시 그 혜성이 출현하는 해에 죽겠다고 예언해
그게 신통방통하게 맞아떨어진
(이쯤되면 2급 도사 자격증쯤 줄 만하지요?)
마크 트웨인 선생께서 한 소식 하셨는데요
그분 말씀인즉슨 유머는 기쁨이 아니라 언제나
슬픔에서 나온다고 하고
그 슬픔을 온몸으로 넉넉히 겪은 사람들이
모여 있는 곳이 곧 천국이라는데요
고로 천국이란 데는 유머가 없는 곳이라고 했다는데요

〈개콘〉이나 〈웃찾사〉 〈코미디 빅리그〉 같은 프로그램이 줄줄이
문을 닫아 하루아침에 실직자가 된 개그맨이나
코미디언을 소집해 그곳 천국으로 올려보냈으면
좋겠다는 궁리를 해보는데요
이들의 공연을 위해
당연히 특별비자에 복수여권도 필요하고
암초 중의 암초인 바늘구멍도 한시적으로 남대문만 하게 넓혀서
이들 웃기는 낙타부대가

한결 수월하게 오갈 수 있도록 하는 배려 또한 있어야겠는데요
기화요초 진수성찬이 있어도 심심하고 나른하고 졸립기만 한
그곳 천국의 주민들이 배꼽을 잡게 만들었으면,
슬픔에 이골이 난 그들을 위해
적막강산인 그곳이 한바탕 웃음바다가 되면 어떨까 하는
상상을 해보는 것인데요

그런 한편 우리가 사는 이곳에는 아무래도 기쁨보다
슬픔이 하늘 다락만큼 많을 것 같아
오래전부터 머리에 박힌 추측과 달리 지옥에 떨어지기보다는
천국의 문으로 들어가는 사람이 더 많지 않을까 하는
예상 또한 조심스럽게 해보게 되는 것인데요
기우가 있다면 슬픔에 너무 젖어버리면 나중에
주검이 잔뜩 물 먹은 솜처럼 되어
가뜩이나 좁아터진 바늘구멍을 어떻게 통과할지
그게 걱정이 되어 다시 한 말씀 드리는데요
개그맨이나 코미디언들은 머리가 좋다고 하니
아이디어가 샘솟듯 솟아나
내 이런 기우가 한낱 기우로 끝나지 않을까 하는
기대를 갖고 기다려보게 되는데요

하루 밥벌이도 힘든 그런 그들이

〈천국을 웃기는 사람들〉이라는 타이틀로 치러질 공연이
그들에게 다소나마 복음의 소리로 들리면 얼마나 좋을까,
소박한 소망도 가져보는데요
마크 트웨인 선생, 이들이 행사를 잘 마치고 돌아오도록
격려와 성원 부탁드리며
이들 〈천웃사〉 프로그램이 오래 지속될 수 있도록
요로요로에 힘 좀 써주시고
그리고 틈을 내어 아무래도 지옥 같은 이 지상의
우리에게도 뭐든 따로 한 소식 해줄 의향은 없으신지요

제2부

금산사

대여섯 살 때
빛 한 오라기 얼씬 않는
어느 법당 불전 밑
동산만 한 무쇠솥 아래
숨막히는 통로를
거북이처럼 납작 엎드려
아버지의 기척만 좇아
기고 기고 또 기어서
밖으로 빠져나온 적이 있다

갑년 지나
김제 선영 성묘 마치고 들른
전주 한옥마을의 대처승인
철학관 노장은
내 사주를 짚어보더니
어려서 일찍 죽을 목숨이었다고 한다

연화리

그 나무 몸속엔 진신사리가 너무 많아
그걸 분산시키든지 분가시키든지
꼭 그럴 요량은 아니었지만
그럴 마음 또한 아니었지만
궁리 끝에 한 방편으로
반과(半顆)쯤의 진신사리를
바람결 나뭇가지에 걸어두었습니다
때마침 지나던 나그네 눈빛이
옷깃이 거기 스치는 사이
그 진신사리는 그만 하르르 저를 녹여
나그네 살 속으로 재빨리 스며들어갔습니다
숨어들어갔습니다
그리하여 십 리도 가기 전에 발병도 나기 전에
나그네 온몸에 연화의 불길이 솟아올랐습니다
한 송이 연꽃으로 화알짝 피어났습니다

좋은 값

오일장 파장머리에
여기저기 기웃거리는 나를
할아버지 한 분이 불렀다
마지막 떨이 좋은 값으로 쳐줄 테니 가져가라고
할머니가 아파 혼자 나왔다고
약을 사 빨리 돌아가야 한다고
바닥에 떨어진 놈 하나까지 알뜰히 주워 담아준
한 푸대 같은 태양초 반 푸대를 샀다
좋은 값이란 말에 혹해서일까
무겁지 않아 어깨에 메고 걸어가도 좋으니
버스비를 절약할 수 있어 좋은 것일까
하늘과 땅과 바람이 합심하여 도와준
두 양주의 고추 농사가 나에게까지 건네와
좋은 고춧가루가 되어 요모조모로 요긴하게
쓰일 것을 생각하니 좋은 것 같고
내가 드린 돈이 좋은 약을 사는 데 보탬이 되어
할머니 곁으로 걸음을 재촉할 할아버지도 좋을 것 같고
거래라는 홍정이라는
이끗도 이악스런 냄새도 잠시 사라진 것 같아 좋은 것 같고
오히려 자그마한 믿음도 생겨 좋은 것 같고
그러고 보니 오늘은 날씨도 좋은 것 같고
늦장마에 찾아온 드물게 좋은 날인 것 같고

좋은 값으로 치르고 남은 돈이 또 얼마간
호주머니에 들어 있는 것도 좋은 것 같고
자꾸만 좋은 생각이 꼬리를 물고 새끼를 쳐
그 좋은 기분이 사나흘 좋은 꿈으로 이어질 것을 기대하니
그 또한 좋을 것 같고

싸락눈의 비유

제기동 경동시장과 너나들이하는 약령시장 어귀에 있는 건물 삼층에 성경 공부하러 다닐 때, 몸집이 큰 여자 강사는 우리 초급반 학생들을 깨뜨리고 깨우치게 하려고 있는 힘껏 목청을 돋우었다.

매주 숙제도 빠짐없이 내주었는데, 주로 외워두어야 할 성구(聖句)를 스무 번씩 써오게 하는 것으로, 그중에는 "너희가 거듭난 것이 썩어질 씨로 된 것이 아니요 썩지 아니할 씨로 된 것이니 하나님의 살아 있고 항상 있는 말씀으로 되었느니라 그러므로 모든 육체는 풀과 같고 그 모든 영광이 풀의 꽃과 같으니 풀은 마르고 꽃은 떨어지되" 같은 구절이 있었다.

수마가 찾아오는 여름 한낮에는 우레 같은 채찍과 사자후로 미몽을 헤매는 어린양들을 산산조각 내었고, 강의 중간에 은근슬쩍 자기 소속과 다른 교파를 비웃거나 타 종교를 비방함으로써 우리를 불편하게도 만들었다.

겨울 어느 날이었다. 수업을 마치고 나오니 눈앞이 희부연했다. 싸락눈이었는데, 싸락싸락 귀여운 맛이 나는 것이 아닌, 여간내기가 아닌 싸락눈이었다. 그것들은 '베트남 신부 700만원'이라고 씌어진 현수막을 때리고, 그 아래를 지나가는 갈색 점퍼 입은 바리새인을 때리고, 그가 휘두르는 회초리를 맞아가며 번제로 팔려가는지도 모를 염소 다섯 마리를 때리고, 풀린 날씨 덕에 쏟아져 나와 붐비는 장꾼들과 행상 들을 때리고, 성문 밖이라 거리낌없이 비둘기와 뱀을 파는 장사치들을 때리고, 한 호리를 구걸하는 앉은뱅이와 무릎걸음과 맹인 들을 때리고, 바삐 홍해를 건너려는 듯 횡단보도에 몰려든 백성들을 때리고, 붉은 신호등을 때리고,

그렇게도 많은 비바람과 재앙과 살육과 피는 철철 넘쳐 흘러도 성서의 주요 무대가 눈이 내리는 지역이 아니어서인지, 성경 집필자들의 눈 밖에 나서인지, 아무리 눈을 씻고 봐도 성경 어디에도 눈이 나오는 장면이 있을 것 같지 않았는데, 성경 66권은 비유로 가득 찬 책이라는 강사 선생님 말대로 만에 하나 이 싸락눈까지 포함하여 눈이 등장한다면 무슨 비유로 쓰여졌을까 궁금해하며, 이건 뭐 만나도 아니고, 투털대는 나에게 주일인데도 일터로 어서 돌아가라고 어깻죽지와 등짝을 때리고, 그게 안 되어 보였는지 천천히 되도록 천천히 가라고 자꾸만 앞을 가로막는 싸락눈을 맞으며 용두동 지나 내처 신설동까지 걸어가던 그런 날이 있었다.

옛 버들방천에 올라

군홧발 아래 살아온 세월에 인이 박인
좌로 봐 우로 봐 사열식 강요 안 하게 해서 좋았다
편하게 줄지어 서서 옹근 금빛 싸래기를
머리로 이어 허리께로 부드럽게 넘겨주며
아무래도 사오급수 깜냥밖에 안 되는
무용한 흐르는 물에
산발한 네 그림자 뛰어내리며
너울너울 춤추는 것 바라보게 허락한
너희 수더분한 푼수가 좋았다
그렇게 지체 높던 방천 허물어지는 줄 모르고
나는 쓸데없이 나이만 먹었구나
네 가슴팍에 돋아나던 풀이며 풀꽃이며 벌레며
온갖 자질구레한 미물들
시멘트로 왕창 안창 도배해 생매장시키고
차마 말 못 하는 마음이 공손히 떠받치던
스물예닐곱 자가웃 알몸 흙길은 어디 가고
진초록 투스콘 너울 덮어쓰고 남사스럽게 누워 있구나
하루아침에 어머니를 잃은 너희 몸통은 베어져
아무도 모르게 뗏목 띄워 보내고
물도 이제 옛물이 아니언마는
아직 데리고 갈 것이 남아 있는 양
손가락 마디 꺾는 소리로 겨우 명을 잇고 있는데

언제서껀 보드랍던 네 삼단머리
바람결 따라 목에 감겨들면
날카롭지도 그렇다고 무디지도 않은
우리 입맞춤 그런대로 그만이었는데
그런 그녀와 내가 네게 걸어놓은 수금도 자취 없고
그 여자도 이미 죽어 없고
이 사연을 까마득히 모르는 얼굴들이
앞뒤로 헛둘헛둘 크게 팔 들어올렸다 내렸다
아귀차게 오가는 게
아직껏 지워지지 않은 군홧발들이 되살아나
행진해가는 필름을 보는 것 같기만 하구나

성벽

성의 남문을 향해 오르는 길에는 북적이는 인파를 아랑곳 않고 저글링하며 내려오는 남자가 있었는데요. 허공에 색깔이 다른 서너 개 공을 번갈아 올려보내며 결코 땅에 떨어뜨리지 않는 묘기를 뽐내며 내려오는 그 남자 곁에는 딸아이인 듯한 계집애 또한 저글링하듯 깡총깡총, 한 번도 넘어지지 않고 걸어내려오고 있었는데요. 그들을 스치고 지나가다가, 두서너 번 뒤돌아보다가 보니 어느새 성문이 바로 눈앞에 보여 들어갔습니다. 곧이어 반월도처럼 휘어져 돌아간 성벽에는 접이식 사다리가 걸쳐져 있고 그 꼭대기에서는 한 사내가 무슨 도료 같은 걸 칠하고 있고, 그 아래에서는 고개를 뒤로 젖히고 위를 올려다보며 무어라무어라 말하고 있는 사내가 있었는데요.

아마도 오랜 풍상을 겪은 돌 하나를 풍치 먹은 이 들어내듯 들어내고 그 자리에 의치를 심듯 심어 이웃한 동무들과 엇비슷한 형상을 만들어주려는 심산 같아 보였는데요. 몇백 년의 시공을 함께한 돌들과 되도록 동떨어지지 않게 맞춰보려고 아직은 업둥이같이 서먹한 돌에 색을 입히는 작업같이 보였는데요. 조금 후에 사다리에서 내려온 사내와 선임 같은 성벽 아래의 사내가 도료 색상표 어디쯤에 더 맞춤한 색이 있을까 하고 나란히 서서 방금 칠한 돌을 올려다보며 내가 모르는 전문적인 용어를 써가며 하는 이야기를 안 듣는 척 듣고 있었는데요.

의견을 끝내고 다른 색의 도료가 든 듯한 통을 들고 다시 사내가 사다리를 타고 올라가고, 밑에 있던 사내는 좀전에 서 있던 자리에서 한 발짝 더 뒤로 물러나 고개를 한껏 젖혀 번갈아 왼쪽 오른쪽으로 갸웃거리며 올려다보고 있었는데요. 고색창연이라는 단어로는 단정짓기 어려운, 푸른 이끼가 주는 세월의 표적이라든가 시간의 요철을 재현하는 것만이 아닌, 의미심장한 무언가가 이 성스러운 노동 속에 들어있는 것 같아 이 성의 치욕의 역사는 잠시 잊고 그 두 사내의 장인 같은 품새를 숨을 죽이며 지켜보고 있었는데요.

갑자기 어디서 날아왔는지 웬 새 한 마리가 성벽에 바짝 붙어 포르릉포르릉 오르내리기 시작했는데요. 머잖아 오래된 돌들과 남부끄럽지 않게 한식구가 될 새 얼굴이 반갑다는 듯, 신기하다는 듯, 그러나 아직은 낯설다는 낌새를 짐짓 내색하지 않으려는 듯, 두 사내와 나는 안중에도 없다는 듯, 저는 제 식대로 저글링이라는 걸 배우고 익히고 싶은 속셈인 듯, 요란스레 수선 피우지 않으면서 지치지 않고 성벽을 오르내리는 것이었습니다. 단 한 번도 미끄러지거나 추락하지 않은 채 말입니다.

두 암자 이야기

독립출판사를 운영하는 지인으로부터 전화가 왔습니다. 중생의 숨결이 닿지 않는 깊은 산속에 꼭꼭 숨어 있는 암자를 찾아 화가가 스케치한 그림에 산문을 곁들인 책을 기획 중인데 저한테 글을 부탁하고 싶다고 했습니다. 약속한 날짜, 시간에 맞춰 사무실을 찾아가니 화가로 짐작되는 사람이 먼저 와 있었습니다. 수인사를 나누고 그 화가를 찬찬히 살펴보았습니다. 그 흔한 베레도 쓰지 않고 수염 한 오라기 없는 얼굴이 화가라는 선입견을 주기엔 무언가 부족한 것 같았고, 연치가 있어 보여도 머리만 깎았다면 동자승 같은 해끔한 인상이었습니다.

그는 키가 작았습니다. 왜소증 장애인이라고 하기엔 뭐하고 연골무형성증이라는, 연골세포의 증식과 분화가 억제되는 병으로 저신장이 된 것이 아닌가 하는 생각을 하게 했습니다. 그에 벌충이라도 하듯 이마가 시원하고 눈은 크고 맑았습니다. 편집 의도를 듣고 난 그는 전설이나 민담이라고 멀리 나갈 필요까지는 없고, 그가 젊어 스케치 여행 다닐 때 접했다는 이야기를 들려주었습니다.

저 남녘, 짐짓 지리산이라고 짐작되는 심산유곡에 이름 없이 그냥 암자라고만 불리는 두 암자가 있었답니다. 두 암자는 골짜기 두서너 개를 격해 있었는데, 각각의 암자에는 어머니가 다른 오누이가 도를 닦고 있었다는데요. 나어렸을 때 만났으나 차츰 커가면서 서로 애틋한 정을 느끼게 되고, 시쳇말로 이루어질 수 없는 사랑에 번민하던 오누이. 마침내 오빠가 먼저 집을 나가고 뒤이어 누이가 집을 떠나는 출분의 소용돌이 속에서 서로를 서서히 잃어버린 그 오누이.

어느 봄날 본사에서 큰 법회가 열리고, 각자의 처소로 돌아갈 시간이 되어 앞서거니 뒤서거니 산문을 나서는데, 똑같은 승복 차림이건만 누이가 한발 앞서 걷던 오빠를 한눈에 알아보았던 것입니다. 비구가 된 오빠와 비구니가 된 누이의 해후. 그 곡절을 어떻게 이루 다 세세히 표현하겠습니까만, 알고 보니 오누이는 앞서 말한 대로 골짜기 두서너 개를 사이에 두고 각자의 암자에 살고 있었던 겁니다. 그날 오빠는 누이를 따라 그녀의 암자에 갔고 하룻밤 유하고 다음 날 아침 공양을 마치고 바로 자기 암자로 돌아갔습니다.

계절이 몇 번 바뀌고 오빠는 암자 뒤란에 있는 시누대 한아름을 캐어 지게에 짊어지고 누이의 암자를 찾았습니다. 그곳 손바닥만 한 뒤울안에 장독 몇 개만 덩그러니 놓여 있는 게 왠지 허전한 느낌이 들어 바람막이 울타리 구실이라도 하게끔 시누대를 심어주고 이번에는 곧바로 제 암자로 돌아왔습니다. 그날 이후로 골짜기 이곳저곳에 뻐꾸기가 울고 천둥 번개가 치고 소나기가 퍼붓고 눈보라가 휘몰아쳐도 그들 오누이가 마음을 주고받는 것은 따로 있었습니다. 바로 뒤란에 심겨진 그 시누대를 통해서였습니다. 사시사철 어느 때라도 바람이 불면 싸그락싸그락 온몸을 부비며 우는 댓잎 소리를 이들 오누이가 공평하게 나눠 가지게 된 것이지요. 못 이룬 사랑이 시누대를 매개로 이심전

심의 사랑으로 다시 태어났다고나 할까요.

속세의 사람들이 이들 가슴 아픈 사연을 귀동냥으로 듣고 그들의 암자 이름을 편리한 대로 동암(東庵), 서암(西庵)이라고 붙여줬다고 합니다. 이들 암자만큼의 스토리를 가진 암자가 지금 어딘가에 살아남아 있을지 모르겠네요.

말을 마치고 저와 지인을 그윽한 눈빛으로 바라보는 그의 두 귀는 두 암자 모두의 시나브로 사운대는 시누대 쪽을 향해 활짝 열려 있는 것 같았습니다.

그 가을의 말풍선

우리네 가을 하늘은 높고 푸르단 말은 오래전에 효력 상실이 되어 잊혀진 반면, 해마다 도래하는 가을은 변함없이 어디선가 들려오는 예초기 소리로부터 비롯해 점점 깊어간다라는 문장을 저는 이 나라의 진정한 가을의 한 고갱이를 찌르는 수사라고 믿어 의심치 않습니다.

추석 성묘를 앞두고 사촌동생이 싣고 온 시끄러운 예초기 소리를 벗삼아 벌초를 마치고 사촌동생 내외는 전주로 돌아가고 저는 오랜만에 가까운 역에서 상행선 기차를 탔습니다. 두 사람씩 앉는 좌석의 통로 쪽에는 저와 아주머니가 마주 보고 앉고, 창가 쪽에는 노인과 — 대놓고 장년이라기에는 다소 애매한 — 머리를 짧게 깎은 사내가 앉아 있었습니다. 사내는 언제 적부터 눈을 감고 있었는지 모르지만, 내내 눈을 감고 있었습니다. 별 특색이 없는, 어찌보면 지극히 평범해 보여 어디에서나 쉽게 눈에 띌 만한 그런 얼굴에 그런 형색이었습니다.

노인이 입을 열었습니다.

"젊은이, 줄곧 무릎 위에 올려놓고 가는 걸 보니 꽤나 소중한 것인가 본데, 꿀단지라도 되나? 선반 위에 얹든지 바닥에 내려놓고 편하게 가지 그러나?"

그제서야 사내가 가늘게 눈을 떴습니다. 그러고도 한참을 아무 말 없이 노인을 바라보고만 있었습니다.

"어르신, 불편해 보이게 해드려 죄송합니다. 사실은……"

어렵게 말문을 연 사내는 또 한참을 침묵한 채 있다가 이윽고

나직이 말을 하기 시작했습니다.

"놀라시겠지만 이 보자기 안에는 유골함이 들어 있습니다. 제 아내 것이지요. 불알 두 쪽뿐인 저와 결혼해 겨우 살 만하니 애 하나 없이 덜컥 죽고 말았습니다. 항상 생활에 쪼들렸던 터라 여름의 물놀이, 가을의 그 흔한 단풍 구경도 못한 채 말입니다. 함께 이름난 관광지 한번 다녀온 적도 없이 말입니다. 그런 저에게 선영이 어디 있겠습니까, 어떻게 납골당에 들이겠습니까. 그렇다고 눈 딱 감고 아무 데나 훨훨 뿌려 없애기에는 아내가 너무 불쌍했습니다. 그래서 저는 아내의 이 유골단지를 이곳저곳으로 옮겨 보자는 데 생각이 미쳤습니다. 생전의 아내가 가보고 싶었던 곳, 말은 안 해도 언뜻언뜻 속마음을 내비치던 곳을 찾아다니며 뒤늦게나마 아내의 소원을 풀어주고자 이런 짓을 하게 된 것이지요.

그동안 저는 지리산, 소백산, 내장산 양지바른 곳에 이 유골함을 묻어두었습니다. 올해는 유난히 단풍이 좋다는 설악산으로 아내를 데려가는 중입니다. 아내의 고향은 워낙 오지인지라 아직은 엄두가 안 나고, 만에 하나 거기 갔다 누구라도 마주칠까 봐 겁이 나 그 계획은 차일피일 미루고 있습니다만 언젠가는…… 어르신, 제가 패륜아는 아니지요?"

제 앞의 아주머니가 "쯧쯧, 불쌍해, 불쌍해 어떡해"라며 연신 혀를 찼습니다. 노인은 그 사내를 지그시 바라보더니 한마디했습니다.

“패륜이라니! 이보게, 자네 같은 지아비가 이 세상 어디 또 있겠나. 자네 부인 복 받은 거여. 그럼 그럼. 지아비와 해마다 철 따라 전국 방방곡곡 산천경개 유람하니 그 얼마나 좋아하시겠는가. 그러고 보니 그런 자네도 아내 잘 모셔 복 받을 거여. 암, 복 받고말고!”

제비나비의 꿈

경기도와 강원도의 경계
도마치라는 곳
고갯마루에는 간이 주막이 쌩뚱맞게 서 있고
비닐 출입문 왼켠에는 수상한 중국제 한약재가
무르츰히 누워 있었습니다
모녀가 장사를 하고 있었는데
딸은 전담으로 빈대떡을 부치고 있었습니다
쟁반처럼 크기만 할 뿐 맛은 별로였습니다만
손이 커서 시집가면 떡두꺼비 같은 애를 낳겠다고
농담 섞인 덕담으로 노동의 수고를 덜어주었습니다
막걸리 한 잔씩 따라놓고 어디 눈 둘 데 없어
환한 바깥을 내다볼라치면
검은 주먹을 폈다 오므렸다 하는 것이 바삐 다가오다가
방향 바꿔 옆으로 빠져 사라졌다가
다시 나타나 단번에 훽 허공으로 치솟아올랐습니다
대여섯 해 지난 여름
폭우 쏟아진 길에는 가로수 부러진 나뭇가지들 어지럽고
돌자갈이 뒹굴며 난전을 치르고 있었습니다
도마치 고갯마루엔 그동안 공사판을 벌였는지
시뻘건 황토가 아가리를 쩍쩍 벌린 채 있고
주막은 온데간데없었습니다
화천으로 내려가는 비포장 산간 도로

사분의 삼톤짜리 트럭 한 대가
가파른 너덜을 낑낑거리며 올라와
가까스로 길을 터주며 보니
조수석에는 아내인 듯한 여자가
딸애를 안고 오도카니 앞만 바라보고 앉아 있었습니다
뒤로 떠밀리지 않으려고 적재함에 큼지막한
돌 여남은 개만 실은
그 트럭을 따라 어른 손바닥만 한 것이
그들을 인솔하는 양, 놓치지 않으려는 듯 날고 있었는데
누군가가 그때 그 주막에서 본 제비나비가 맞다고
그리고 조수석의 엄마는
빈대떡 굽던 그 처자가 틀림없다고
거듭거듭 장담하며 말하는 것이었습니다

산수유꽃 아래

아빠, 저 나문 맨날
빠나나우유만 먹었나 봐
그니까 노랑꽃만 폈잖아!

세상말 일구느라
옹알옹알 옹알이하던
옹알이말들이 모여 피워낸 꽃
노란 산수유꽃 보네

목말 태운 딸아이 머리 우에
까르르까르르 웃음소리 너머
그러께 것이 아닌 그끄러께 것이 아닌 것도 아닌,
우리 둘만의 처음인 것인
산수유꽃 보네

아내여, 별나게 볕바른 오늘 같은 날은
이불 홑청 새로 하는 일 다음으로 미루고
은박돗자리 깔고 누워
자분자분 흩날리는 산수유 꽃잎
원앙금침으로 덮고
봄산 이마 닮은 아기 하나
새로 만들었으면!

안짱다리에 대한 기억

길게 뻗은 철길 따라 세 소년이 가는데
유둣날이면 여자들이 구름같이 모여
머리 감고 몸을 씻는다는,
지금은 연꽃이 한가득 피어 있다는 덕진 연못
벌써부터 다리가 아프고
저 앞에는 아지랑이만 하롱하롱 배도 고픈데

저기 휘돌아가는 철길만 지나면
그곳이 보일 것 같은데
발바닥은 불에 덴 듯 따가워 오고
깨금발로 침목 밟고 뛰어나갈 힘 하나 없는데
누구일까, 너희들 먼저 가, 먼저 가란 말야!
안짱다리 안짱다리 걸음으로 자꾸만 뒤처지는
그 애가 누구였을까
너나없이 까까중에 기계총에 부스럼딱지지만
안쓰러운 안짱다리는 그 셋 중에 누구였을까
횟배 앓는 배는 눈치없이 아파 오는데
어지럼 같은 아지랑이만 아지랑이만……

지금 어디쯤에서 그 안짱다리 걸음으로
세상 끝을 향해 어기적어기적 걸어가고 있을
그는 과연 누구일까

벌레는 뭘 벌지?

벌긴 뭘
엽록소 일 그램 물 한 모금 반에 반 모금
좁쌀 한 알
저마다 책상에 붙어 앉아 머리 싸매고
온갖 숫자와 서류와 컴퓨터와 전화와 씨름하는,
온종일 땀 뻘뻘 흘리며 죽자사자 일하는
근로대중에 비하면
뭐 번다고도 할 수 없지
워낙 소식이라 혈압 맥박 정상
편두통 당뇨 없고 아직 관절염도 없고
혼잣몸이라 가족 최저생계비 계산해본 적 없고
엥겔지수도 따져본 적 없으니
벌긴 뭘
허나 그대들은 왜 하필이면 그런 우리를 빗대어
벌레처럼 산다고 투덜거리는 거야
벌레보다 못하다고 억울해하는 거야
초로 같은 한목숨 위해
한사코 조족지혈 아니
벌레지혈의 삶을 살려고 발버둥치는
우리의 눈물겨운 노고를 왜 헤아리지 못하는 거야
당신네 식자들이 곧잘 쓰는
안분지족이니 안빈낙도가 무슨 뜻인지 잘 모르겠지만

오로지 하루치 양식을 벌려고
버러지놈들은 할 수 없다는 소리 듣지 않으려고
이 악물고 열심히 빼빠지게 노력 중이야
그런데 다따가 왜 가슴이 두방망이질하지?
눈앞이 캄캄해 오지?

거미좌의 액운

외로운 거미는
하늘의 별자리 흉내내려고 그런 것이 아니었습니다
지상에도 별자리 없으란 법 없으렷다,란 오기
때문이 아니었습니다
외로워 홀로 춤을 추듯 작두를 타고 그네를 뛰고
재재발거리며 가는 실을 자아 그물을 엮다 보니
저도 모르게 별자리 한 채가 만들어졌습니다

거미는
제 형상대로 되었다고 자신할 순 없지만
'거미좌'라고 이름 붙여 보았습니다
오늘 밤 거미는 제 별자리에 앉아 하늘을 올려다봅니다
흐린 은핫물은 흐린 은핫물대로 흐르고
성긴 별들은 성긴 만큼 빛을 뿌리는 밤
거미는 제가 아는 별자리를 찾아보았습니다
그들에게 제 별자리 자랑할 심사는 아니었지만,
모두가 어디 나들이 갔는지 보이지 않았습니다
갑작스레 일어난 돌풍에 세찬 폭우에
으스스 몸이 떨려왔습니다
이에 질세라 천둥 벼락에 엉뚱한 우박까지 합세해
온 하늘이 한 덩어리로 쏟아져내렸습니다

그 모진 밤이 지났을 때
햇살이 비껴드는 찢긴 거미좌에 매달린 영롱한
이슬방울이 두어 방울
거미는 제 별자리에 목이 매어 죽어 있었습니다
외롭게

비정성시

재건축 아파트단지가 들어선
구반포 어디쯤인가
숨도 못 쉴 만큼 빽빽한
철근구조물 사이로
숨구멍을 틔우느라 그랬는지
요리조리 긴 봇도랑이 만들어졌는데
언제부터인가
한강을 제 안마당처럼 활개치던 청둥오리 비오리
흰뺨검둥오리 왜가리 왕갈매기 가마우지가
거기 샛골목으로 찾아들고
거기다가 한때 어디선가 터주 행사하던
두꺼비 개구리까지 나타나
봇도랑을 오르내리며 헤엄치며
자맥질하며 어울려 노니는 것이었다
노인과 어린애들은 어느새 그들과
눈 마주칠 때마다 스스럼없이
해해 재재하는 사이가 되었지만
그들의 축제라도 있는 날이면 꽤나
분탕을 치는 바람에
눈살을 찌푸리는 주민이 점차 늘어가고
한강에서 뺨 맞고 속상한 녀석이 야밤에
크르릉 컥컥 울 때에는

거대 납골당 같은 단지 이곳저곳에
깜짝 놀란 불들이 켜지고
신경이 예민한 입주민은 뜬눈으로
밤을 지새운다고 한다
그 여파로 잇속 빠른 동 대표는
집값 떨어진다고
하루속히 봇도랑을 폐쇄해야 한다며
슬몃슬몃 연판장 돌린다는 소문이
봇도랑을 타고 남실남실 흘러나오고 있다 한다

로드리게스

명문 구단 뉴욕 양키스의 홈구장인 양키스타디움
꿈의 다이아몬드에 내리꽂히는
휘황찬란한 불빛 속에 당당히 서 있던 스타플레이어
천문학적인 연봉의 메이저리그의 사나이
윙크만으로 미녀와의 뜨거운 하룻밤을 약속받던 플레이보이
그를 보았다
지게차 위에 승용차용 깔개를 겹겹이 싣고
지그재그로 운전해 가다
눈사태처럼 와르르 굴러떨어지게 만든
"야, 로드리게스 이 새꺄! 눈깔 어따 두고 일하는 거야!
내려와 당장! 이 새꺄, 이제부텀 네 손으로 옮겨!"
창고 바닥에 떨어진 깔개 뭉치 하나씩 힘겹게 끌고
더그아웃 아닌 구장 밖으로 쫓겨나가는 로드리게스
낑낑대는 그를 팔짱 끼고 지켜보는 관객들
빵을 씹고 생수병을 기울이는 코리안들
배트 한번 힘차게 휘둘러보지 못하고
성난 버팔로처럼 홈으로 쇄도해 들어가지도 못하고
타이탄 트럭 뒤에 쪼그려 앉아
하염없이 담배 피우는 그를
유니폼에 이름이 없고 등번호만 보고도
한눈에 알아주던 알렉스 로드리게스가 아닌
새하얀 유니폼도 아니고 13 숫자도 없어

누구도 알아볼 수 없는
양키스 모자만 깊숙이 눌러쓴 로드리게스를
잘 가꾼 잔디 그라운드가 아닌
울퉁불퉁한 시멘트 낯짝만 내려다보며
옴짝 않는 로드리게스를
차마 국적도 물어볼 수 없었던
진짜 이름인지 그냥 로드리게스라고 불린 로드리게스인지를
갑자기 안개 몰려오는 파주 골짜기를 떠나며
두번 다시 돌아볼 수 없었다

박우만 본가입납

큰애 보아라
식구들 모두 잘 있으리라 믿는다
경황없이 나온 게 엊그제 같은데 벌써 두 달이 넘었구나
처음부터 어디 정해 놓은 데 있었겠냐만
행색이 그리 보였는지 얼굴에 뭐가 씌여 있는지
어쩌다 아는 친구 찾아가 하루이틀 신세지다 보면
어느새 눈치가 보이더라
서둘러 발길 돌려 떠나올 땐 그래도 안사람 몰래
노자에나 보태 쓰라고 몇 푼 쥐어주는 것 잊지 않더라
나처럼 정처없이 떠도는 사람들 많이 보았다
어쩌다 자선단체에서 나눠주는 밥 한술 얻어먹고
말 섞다 보면 사연도 가지가지 곡절도 제각각이더라
억울한 걸로 치면 나보다 더 억울한 사람 부지기수더라
그래서 나는 그들 앞에서 쭈뼛거렸지만
그들을 통해 미처 알지 못했던 것들을 배웠다
나처럼 꽁하지도 낙담도 하지 않는 그들이었지만
그들의 노한 음성 속에서 일그러지는 표정 속에서
나는 우리가 누구를 미워할 때
왜 더 분명하게 그들을 미워하지 않았는가를
너무 쉽게 용서하고 값싼 동정을 베풀지 않았는가를
그러면서 나는 또 깨달았단다
속아주는 것만이 능사가 아니라고

속아주는 척하면서 뒷전에서 종주먹이나 휘두르지 않았는지를
그들은 단순할진 몰라도 보는 눈들은 정확했다
헤어지면서 누군가 한 말이 아직 귀에 쟁쟁하다
간 빼어 먹으려는 놈 있는 곳에 쓸개 빠진 사람 넘쳐난다고
짓밟혀 꿈틀거리는 지렁이가 되지 않으려면
그보다 힘센 영악한 뱀이 되어야 한다는 것을
그리고 어디에 있든 아무나 함부로 믿지 말라고
뭐니뭐니해도 인간 조심이 제일이라고
이런 쉬운 결론도 모르고 살았으니 나도 어지간히
세상 물정 까막눈으로만 바라본 게 아니냐
너는 한창 배우는 나이지만 무턱대고 많이 알려고만 말아라
정직하게 오래 먹고살 것 하나만이라도 착실히 익혀라
나는 좀더 남쪽으로 내려가볼 생각이다
겨울을 나기에는 그쪽이 그래도 낫지 싶다
객지 생활도 이력이 붙어가니 내 걱정일랑 말고
밤에 편의점일 본다는 엄마 노래방 알바 나간다는 동생
네가 신경 잘 써주길 바란다
이만 못난 애비 쓴다

추신: 그동안 늘 생각만 하고 잊어버렸던, 할머니를 위해 화장실에 매트 한 장 깔아드렸으면 한다. 노인들은 낙상하기 쉽고, 넘어지면 치명적이라니 서둘러야겠다.

삶의 삶

오늘 밤 집엔 아무도 없고
얼마 전까지 계시던 어머니는 어디에도 안 보이시고
조도 낮춘 스탠드 불빛만 살아 있는 거실에서
양파와 오이 썬 것, 쌈장 앞에 놓고 앉아
소주를 마신다
가끔씩 망연히 창밖을 보고
그림자 하나 얼씬 않는 수굿한 바람벽을 바라보고 있는데
누가 슬그머니 맞은편에 와 앉는다
"코로나 덕분인가, 혼술 맛에 맛들였군. 나도 한잔 주게"
"누군지 얼른 기억 안 나는데 술 한잔 못 주겠나"
"이쯤되면 슬슬 청산할 게 많아지는 나이지?"
"새삼 청산할 게 뭐 있나. 직장도 자영업이란 것도 졸업한 지 언젠데"
"그럼 무얼 먹고사나. 백세시대에 돈 없으면 지옥이 따로 없을 텐데?"
"쥐꼬리만 한 국민연금으로 그럭저럭……"
"아직껏 개혼(開婚) 못한 자식들 걱정이 많지?"
"삼포, 오포, 구포를 넘어 끝내는 십포(十抛)* 세대를 사는 그들에게 채근할, 강요할 명분이 도통 없네"
"자네 여직 가난하다고 생각하는가, 생활에 불만이 많은가?"
"사는 데 필요한 게 얼마나 되는지 계산해보지 않고 살았네"
"그래도 차는 없어도 피아노는 있었던 것 같은데?"

"유일한 사치품이었지. 어머니와 낙향하며 팔아치웠네"

"그래, 그런 일이 있었지. 자네 이산가족 될 때, 이삿짐차 조수석에 나란히 앉은 노모와 자네 보고 있자니 꼭 피난민 같아 마음이 울컥하더군"

"고맙다고 해야 하나, 고깝다고 해야 하나. 자네가 좀 붙들어주지 그랬나"

"미안하네. 나도 겨를이 없었다고 하면 변명같겠지? 그때 처가 쪽 인사에 의탁시켰던 처자식과 다시 합쳤으니 그나마 좋지 않은가"

"떨궈버린 식구 다시 거둬올린 거? 내가 한 일 아냐. 내 맘대로 안 되는 게 세상이네. 아무리 용써도 안 될 때에는 어쩌겠나. 비겁하지만 하늘에 맡길 수밖에"

"산다는 게, 살아간다는 게 그렇지 않은가. 그래도 이렇게 살아남았으니 이제 그 일은 그만 잊어버리게"

"한꺼번에 병 주고 약 주고 다 하는군. 자네에게 칭찬받을 만한 게 없긴 없었지"

"저런! 오해했군. 자넨 큰 과오없이 살았네. 난 척 않고 남 골탕 안 먹이고 누구와도 척질까 봐 조바심내고 사기 못 치고…… 소심하고 주변머리 없고 용기가 부족했지만……"

"옆구리 찔러 절 받긴가? 자네 노회해졌군"

"천만에! 삶의 질, 삶의 질 하는데 그게 뭔지 잘 모르겠어. 삶엔 양도 없듯이 질도 없는 거 아닌가. 삶의 질을 따지다니, 그런

유토피아는 없어. 한때의 신기루는 될지 몰라도. 삶은 바로 삶 아닌가"

"며칠 전에 뉴스를 보니 이 나라 일인당 국민총소득이 삼만오천 불을 넘었고, 유엔 어디에서 해마다 매기는 세계 행복보고서의 행복지수가 146개국 중 59위라데. 허허허"

"판판이 숫자에 신경 쓰면 혈압 올라. 한참 아랫녘이라고 짐작했는데 중간치 윗길이라니 끌끌 혀 한번 차는 게 정신 건강에 좋네"

"그보다 몸뚱어리 건사가 우선이겠지만 자, 쭉 들이켜고 한잔 더 받게"

"그럴까. 그럼 그 잔만 마시고 가겠네. 오늘같이 아무도 없는 밤엔 생각도 많을 거야. 딱히 후회니 회한이니 그런 거 말고 추억을 추억한다든지……"

그는 잔을 비우더니 올 때처럼 또 슬그머니 사라졌다. 나는 그가 마지막 건네준 술을 소리 나게 마셨다. 창밖의 바람이 그 소리를 들었는지 부르르 몸을 떨었다.

* 사회 · 경제적 상황으로 인해 연애, 결혼, 출산, 내 집 마련, 인간관계, 꿈, 희망, 건강, 외모 관리에 이어 마지막 삶까지 포기한다는 세대.

제3부

왕십리

오늘 두 번 왕십리를
왕복했다

한 번은 2호선 순환전철로
한 번은 초록색 지선버스로

실버들은 없고 비 안 와
벌새가 울지 않아도

그제도 그끄제도 그러께도
사람들 무시로 오간 왕십리

오전엔 잡혀 있는 약속으로
오후엔 갑작스런 이별로

한 번은 편안하게
한 번은 황망하게

실버들은 언제 거기 있을지 몰라
비 와도 웬걸, 벌새 울지 말지 몰라

내일 또 내일은 다시 가고

오지 않을 왕십리

오늘 하루 나 혼자 두 번이나
오명가명한 왕십리

분당선

서울 외곽을 흐르는 분당선에는
이쁜 여자 이름 같은 역들이 있다

모란 이매 서현 수내 미금

반듯한 이마에 오른쪽 귓불에 콩알점 하나
연비 자국이 아직 새파라니 살아 있을
여승이 눈을 감고 염주알을 굴리고 있다

도드락…
도드락…
도드락…

그 소리 징검다리 삼아
천천히 천천히 밀물져 오는
물살 소리
명치끝에 와닿아 맴맴 맴을 돌다
크게 한번 휘돌아 출렁이다
지워지기 시작하는 징검다리 다시 밟고
왔던 길 되짚어
제자리로 되돌아가는
소리 물살

도드락…

도드락…

도드락…

금정역에서

거리에 귀에 익은 캐럴 한 자락 흐르지 않는 세밑
망년회 끝내고 서울을 빠져나가기 위해 바쁘게
두 번 전철을 갈아타고 내린 금정역
오지랖 넓은 플랫폼은 한기를 가득 품고 있다
한발 앞서 놓치게 한 신창행 미안하다며
전광판은 다음 열차의 정차역을
간간이 찍어 일러주지만
밤이 깊어갈수록 운행 간격이 벌어지는 탓에
기다림은 차츰 초조로 바뀌어진다
역사 좌우로 잠 못 들고 요란스레 반짝이는 네온 불빛들
이 시간에 내가 서 있는 이 자리가 내 자리일까
여긴 내가 내릴 곳이 아니었다
하릴없이 발 디뎌 머물다 떠날 곳이 아니었다
몇 급수인지도 모를 한강 물 마시며 산 삼십여 년
발에 쥐날까 봐 중뿔나게 건너 다닌 다리들
다시는 그 강 아래쪽으로 내려가지 않을 각오였다
한 줌 유골이 아니고서는 고향 가까이 가지 않으려고 발버둥쳤다
허나 한순간에 바람은 바람으로 먼지는 먼지로 재는 재로 돌아가고
또 한번 떠밀렸다는 자책감
어느덧 이순도 넘었는데 한입건사도 자신할 수 없는 두려움에

입술 사이로 새나오는 한 오리 입김마저 따사롭지 않다
취객은 흔들거리며 힘들게 몸을 가누는가 싶더니 이내
무너지듯 주저앉아 연거푸 토악질을 하고
아주머니는 아까부터 휴대전화를 귀에 붙들어 맨 채
자주 선로 쪽을 기웃거리고
야반도주라도 하는 걸까, 짙은 화장에 빨간 미니스커트에
검은 롱부츠 아가씨는 캐리어 손잡이를 잡고
사방을 두리번거리며 시끄럽게 왔다갔다하고
한쪽 어깨에 연장 구럭 같은 배낭을 걸멘 사내는 사납게
담배 연기를 허공에 내뿜는다
전철 1호선과 4호선이 맞물리고 헤어지는 이 길목
막 도착한 당고개행 열차, 칸마다 두서너 명씩 앉아 있는데
나도 저기 텅 빈 자리에 가 앉으면 제자리로 돌아갈 수 있을까
접었던 한수의 꿈을 다시 펼쳐볼 수 있을까
그들과 눈 마주치기 싫어 외면하고 돌아서자 거기 기둥에 박
힌 衿井驛 명판
왜 나는 이곳이 황금 우물이 있던 金井驛일 거라고 넘겨짚었
던가
언젠가 이 물 한 모금 마시고 곧바로 서울로 되돌아가리라고
믿었던가
여기는 그런 임시 간이역이라고 안심했던가
오늘의 마지막 열차인 천안행 열차가 곧 도착한다는 안내방

송이 들리고

염 끝내고 입관 기다리는 시신처럼 미동도 없이

야차 같은 눈알 희번덕거리며 굴러오는 열차 너머로

싸늘하게 얼어붙은 북쪽 밤하늘을 칩떠본다

종이배

동창 여식 결혼식이 있어 상경했습니다
혼주는 볼 수 없었습니다
몇 년째 식물인간으로 누워 있는 그를 대신해
큰아버지 팔짱을 끼고 걸어나오는 신부가 짠해 보였습니다
피로연 자리에서도 누구 하나 마음 놓고 웃을 수 없었습니다
강을 건너 단골서점에 들러 주문한 책을 찾고
저녁 약속이 있는 삼각지로 이동했습니다
해물샤브샤브에 소주 한잔 곁들인 조촐한 모임
간만에 이차로 노래방 간다는 일행을 뒤로하고
용산역까지 걸어갔습니다
밤이 이슥해 전철은 붐비지 않았지만 빈자리는 없었습니다
교통약자석에 모로 눕다시피 해 두 사람 몫까지 차지하고 있는
사내가 눈에 띄었습니다
자리가 나면 즉시 자리를 옮기겠다는 마음으로
사내 곁에 앉았습니다
책을 펴들었으나 이상한 냄새 때문에 이내 덮고 말았습니다
해감내 같기도 시궁창 냄새 같기도 했습니다
힐끔 사내를 돌아보았지만 온통 검은색 옷을 걸친 그는
종이 쪼가리만 만지작거리고 있었습니다
전철이 멈춰 설 때마다 통로 쪽을 살펴보았지만
들고나는 승객들로 곧바로 자리가 비워지고 채워져
제 자리는 쉽게 오지 않았습니다

갈 길이 먼 저는 옆자리의 사내가 사라져 주기만을 바랄 뿐
딴 도리가 없었습니다
노숙자일까요 부랑아일까요, 며칠째 세수 한 번
안 했을까요
마침내 머리가 지끈지끈 아파올 지경에까지 이르렀습니다
저쪽 통로로 가서 서서 갈까 아예 다른 칸으로
옮겨 가는 게 낫지 않을까
사내에게 무안을 줄까 봐 이도저도 못하고 있는데
웬일로 사내가 굼뜨게 몸을 일으키더니
출입문을 향해 느릿느릿 걸어갔습니다
문이 열리자 곰처럼 무거워 뵈는 몸을 가까스로
문 밖으로 끌어내갔습니다
그렇게 사내는 제 곁에서 사라졌습니다
열 정거장도 채 안 되었는데 말입니다!
다시 감았던 눈을 뜨고 옆자리를 돌아보았습니다
텅 비어 있었습니다
다만 의자 등받이 아래 틈바구니에
쬐만한 것이 끼어 있는 게 눈에 들어왔습니다
배였습니다 종이배였습니다
무려 두 척이나 되었습니다!
용케도 그의 엉덩이에 깔아뭉개지지 않은 것은
새끼손톱만 한 크기 때문일 것입니다

그것은 제가 이 세상에서 본 제일 작은 배였습니다
아직 이름을 얻지 못한 그 쌍끌이 배는
배를 건조하고 진수식도 보지 못한 선주를 버려두고
고약한 냄새를 싣고 깊어가는 밤을 싣고
부끄러운 나를 싣고
어딘가를 향해 거친 파도를 헤쳐가고 있었습니다

하도급 인생

보이지 않는 까마득한
저 위 어딘가에
막강한 원청이 있고
그의 하청의
하청의
하청의
하청의
몇 번째 도급이
내 순위인지
거기 깔딱고개
벼랑 아래로
선심쓰듯
떨궈주는 떨켜를
감지덕지
받아먹으며
살고 있는지
살아가는지
자식들의
자식들의
자식들의
자식 또한
그와 크게 다를 바

없으리라 생각하면
밥맛이 달아난다
잠도 오지 않는다

서울 세석평전

온다 온다
바람 따라
말도 없이
흘러 흘러
온다
남태령 넘어
노량진 건너
남산 위 저
소나무에 눈 맞추고
한강수에 입 맞추고
꼽꼽쟁이로
대갈마치로
난전에 애막에
매나니
날품
애옥살이로
인왕산 아래
시구문 밑에
아들 낳고 딸 낳고
밤낮으로 몸 팔고
마음 팔고
산다 못 산다

못 산다 산다
한겻 한나절 세나절을
드잡이로 배지기로
호미걸이로
용쓰다가 앙버티다가
엉덩방아 찧다가
애고대고 곡도 없이
상여도 만장도 없이
모래알 하나
쫓기듯 내몰리듯
무악재 지나
망우리고개 어디
간다 간다
구름 따라
발도 없이
흘러 흘러
간다

칩보다 침

타고난 기계치라서 그런 것만은 아니다
섬세하게 정교하게 무소불위로 용의주도하게
제 할 일을 완벽하게 수행하는
그 낱낱 세포들의 탁월한 능력을 자랑하는 칩보다
그는 침을 사랑한다
대책없이 시도 때도 없이 때로는
철딱서니없게스리 흐르는 흘러내리는
홑수로 혹은 고작 홀짝으로 연대하는 것에 만족하는
품위와 예의라고는 눈곱만큼도 없는
이 칠칠치 못한 화상의 무신경한 백치미를
누가 눈여겨보겠는가마는
저 혼자서도 정직하게 반응하는,
주문이 밀려올 염려도 없고
재고가 쌓여도 고민할 필요가 없는
이 천둥벌거숭이에게 무한 신뢰를 보낸다
산해진미 앞에서 미인 앞에서는 순간적으로
거대한 파도처럼 밀려오지만
조그만 선망이나 입발림 상찬 같은
소규모 화학 작용에도 민감하게 순응하는
이 과학을 그는 타매할 수 없다
낱낱 부품의 수월성과 그 절대 용량이 퍼즐처럼 엉겨붙어
공동체를 이루는 칩

한두 개만 불량해도 치명적인 오류와 파탄을 일으키는
칩의 그 오만한 몰개성에 견주어
누구를 탓할까 타박하지 않고
원망과 질투에 마음 빼앗기지 않고
끝끝내 저 혼자만의 힘으로
무람없이 질질 흐르는 흘러내리는 침을 미워할 수 없다
고이면 뱉어내고 또 그 자리에 자가생산이 가능한
이 끈질긴 생명력 무한한 생존 능력을
침이 마르도록 칭찬할 수밖에 없다
요조숙녀 같은 칩보다는 창녀 같은 침을 사랑할 수밖에 없다
에누리 하나 없는 죽음이 침을 흘리기 전까지 이 순결 다해

팔황(八荒)

"바람 분다, 오늘이 무슨 날이냐!"

종로구 창신동 문구 거리의
쪽골목 이쪽에서
걸어가는 사내를 향해
저쪽에서 걸어오던
사내가 소리치며
다가오더니
누가 먼저랄 것 없이
서로 얼싸안고
그리고 아무렇지 않게
또 각자 제 갈 길을 간다

그 중간쯤에서 가던 길 멈추고
박우만도 따라해본다

'바람 분다, 오늘이 대체 어떤 날이냐?!'

우중호일(雨中好日)

오동나무 아래 듣는 빗소리는
우리네 심장 닮은 잎이 받아안아
오동동 소리 더 크구나

시민의 숲 공원 매점 앞
때마침 도착한 할머니 사이클 분대
노란 헬멧 쓰고, 벗고
몸에 꽉 끼는 핑크빛 유니폼에
볼터치엔 송골송골 빗방울
오, 갓 뭍에 오른 인어 아가씨들 같구려

저쪽 두 줄 길게 줄 맞춰 선
메타세쿼이아 의장대원들
고만 한눈팔게 하시고
오오, 새색시 섹시 할마시님들
이쪽 오동나무 쪽으로 오셔요

어서들 후딱 건너오셔서
비씻김춤 한번 추시고
어와둥둥
새로 시친 초록 금침에 듣는
싱싱한 장정 힘쓰는 소리 맘껏 들어보셔요

지평선축제

김제 징게멩게외에밋들 얼마나 가없는지
눈썹 우에 손차양 세우고
눈씨름하듯 힘을 주어 바라보면
먼 지평선 저도 팽팽한 활시위처럼 맞받아주는지
매양 그냥 지나쳐서만 와서 잘은 모르지만
그곳 김제시에서
'지평선축제'를 연다는 신문 상자기사

그끄러께
신태인에서 이웃한 이곳으로 이장하면서
이쪽 산 저쪽 골짜기에 따로 누워 계시던 조부모님
합장으로 신방 차려드리고
그 발치에 아버지 자리 잡아드렸다
그때 아버지 유골 수습하는 흰 장갑 곁에서,
보았다
엉치뼈 가르며 억센 풀뿌리 한 가닥
사정없이 지나간 것을
(아버지, 그래서 날마다 괴로우셨습니까
밤마다 악몽에 시달리셨습니까)

뼈에 묻은 흙 터는 척하면서 조심스레
그 철삿줄을 걷어내었지만

아버지는 또 서둘러 한 평 땅속으로
피신해 들어가셨다

그분들 지금쯤 그곳 지평선 한 자락 보고 계시겠다
노을 함빡 적신 날개들 꺼무룩히 날아가는 것
보시겠다
흰옷 입은 사람들 풍물치며 뉘엿뉘엿
지평선 멀리 사라지는 것
말없이 내다보고들 계시겠다

헌신

박정만 시인 무덤에서

집도 절도 없이 한목숨의
절반쯤만 살다 간 이 사람은
죽어서도 평평한 땅 한 평 차지하지 못하고
공동묘지 비탈진 곳에
마지막 숨결을 풀어놓게 되었습니다
관을 메고 올라가던 산 자들이 하나같이
땀을 비오듯 흘리며 온몸이 뒤틀려가다
겨우 허리를 펴고 가쁜 숨을 토해 내던 곳
누가 보아도 장지라기보다 진구렁 같은 곳이라
그를 떠나 보내는 마음들이 편치 않았습니다
무덤을 다 쓰고 하직을 고하는 순간에도
죽어서까지 집도 절도 아닌 봉분이 언짢게만 비쳐
서둘러 산을 내려오고 말았습니다
어느 해 여름 홍수가 나 공동묘지에까지 들이닥쳐
산사태로 무덤들이 우르르 쓸려내려갔습니다
파묘가 되어 잠들었던 뼈들이 튀어나와
서로 엉키고 흩어지고 아수라장이 되었습니다
그런데 이 보잘것없는 사람의 무덤만은
그 화를 면했습니다
망자의 머리 둔 쪽에서 명맥을 이어가던 쇠잔한
찔레나무 한 그루가 그 아래쪽으로 뿌리를 뻗어
그 사람의 유택을 한아름 움켜쥐고 있었던 것입니다

가풀막진 곳의 무주총 같던 그 집 한 채만은
놓치지 않으려고
물난리 속에서 사투를 벌인 것입니다
사생결단으로 그 사람의 최후의 안식처를 지켜낸 것입니다

난색

세월의 강가에서 살았습니다
옛이야기 속에 나오는 오두막이니 바자울
그런 건 없었습니다
다만 물이 흐르고 흘러갔습니다
강은 때로 가슴을 풀어헤쳐
붉은 실핏줄 아로새긴 젖무덤을 보여주었습니다
그 젖무덤에 새로이 따사로운 젖이 돌면
돌멩이 사이사이 삐비꽃 흔들리고
낮게 날아다니는 개개비 소리를 들려주었습니다
그때마다 강의 색깔이 달라졌습니다
푸른 눈 빛내다가 초록 웃음 띄우다가
이내빛 앉은뱅이 되어 돌아누웠습니다
강 건너 마을 향해 손나팔 부는 사람
하얀 손 흔들어 화답해주고
밤도와 삐걱이는 소리 죽인 나룻배
밀며 밀어서 세상 밖으로 떠나보냈습니다
그렇게 세월은 흘렀습니다
편자 박힌 발바닥 모잽이로 돌다
비 긋느라 낯선 추녀 밑에 그림자도 없이
세워놓았을 때
웅얼웅얼하는 소리가 들려왔습니다
왜 그 소리가 잠 못 이루고 뒤척이는

강의 무녀리들의 몸부림으로 들렸을까요
비 차츰 잦아지고
정수리에 살갑게 떨어지는 빗방울 하나에도
깜짝 놀라 두리번거리다가
어디에 캄캄하게 숨어 있다
봇물 터지듯 와아와아 쏟아져 나와
거리를 내달려가는 아이들의 목소리가
왜 강의 아우성으로 들렸을까요
세월의 강가에 서 있습니다
물풀 한 줄기 흔들리지 않는 강의 얼굴이 거기 있었습니다
처음인 양 난생처음인 양 그를 오래 들여다보았습니다
난색이었습니다

랜드마크

고향 버스터미널에 내리면 택시기사에게 단도직입으로 "옛 형무소 자리까지 갑시다" 한다. 그 옛날 어린 눈에 비치던 크고 높은 붉은 벽돌 담벼락 끄트머리 어름에 있던 집에는 작은어머니와 두 사촌동생과 제수 하나와 어린 조카 넷이 살고 있었다. 현재는 주택가와 상가로 변한 그곳 삼거리 푸줏간에서 고기 두어 근 끊고 구멍가게에서 종합선물세트 하나 사들고 찾아가던 방 두 칸에 항상 어둑신해 보이는 정지가 있는 그 안침집에는 관뚜껑 같은 마루가 놓여 있고 집터보다는 꽤 널찍한 마당에는 펌프가 있는 수돗가가, 그 너머에는 재래식 측간이 있었다.

이곳에서 반 마장 정도 떨어진 곳에 우리집이 있었던 같은데, 어느 겨울날 왜 혼자서 이 형무소 자리까지 걸어왔는지, 거기 좁은 길로 이복형이 산판에서 받아 내려오는 것인지 말달구지에 나무를 가득 싣고 씩씩 콧김을 내뿜는 말고삐를 움켜쥐고 지나가는 것을 우연히 지켜보게 되었는지, 기억이 크게 어긋나지 않는다면 내 나이 예닐곱 살쯤 되었을 것이다.

큰 사촌동생은 레미콘을 끌다가 주로 노후 건물 리모델링 공사 쪽으로 돌아섰는데, 제법 잘나갈 때에는 지역 국제로터리클럽 회원 자격도 얻었다. 그렇게 열심히 일해 깨복쟁이 때부터 살았던 여기 누옥을 떠나 무슨 공사 미수금과 맞바꿔 챙긴 이층집으로 제 식솔을 이끌고 분가해 옮겨간 것까지는 좋았는데, 공사일에 끝탕을 치는 경우가 많아 도가 넘는 술과 담배로 인해 간암 판정을 받고 서울 아산병원을 오르내리며 팔년 가까이 투병 생활을 하다 리우올림픽이 열린 날에 식구들과 내가 지켜보는 가운데 숨을 거두어 자기도 공사 품을 보태 완공된 추모관 한 자리에 안치되었다. 오십 후반의 나이였다.

작은어머니는 둘째 아들의 이혼한 전처에서 낳은 나어린 손주녀석을 손수 먹이고 입히며 살았다. 어느 날 버스에서 내리다 사고로 한쪽 다리를 잃고 의족을 한 장애인 신분으로 이곳을 떠나 코딱지만 한 임대아파트로 옮겨가고 말았는데, 불알 두 쪽에 일용직 노동자로 제 입 풀칠하기도 바쁜 작은 사촌동생은 그새 몇 번째인가로 눈이 맞은 여자를 따라 그네 집으로 더부살인지 처가살인지 나가고, 머리통은 자랐으나 정신머리는 늙은 호박 꼭지를 닮은 손주를 껴안고 살아가게 되었다.

올 유월인가, 오랜만에 제수씨에게서 전화가 왔다. 작은어머니가 돌아가셨다고, 코로나 때문이기도 하지만 먼 길 오실 시숙 고생될까 봐 부러 연락을 안 하고 장례를 치렀다고, 그러니 너무 섭섭해 마시라고.

내 마음속 랜드마크인 형무소 자리. 터미널에 내려 깔끔하게 외치던 그 행선지가 사라지고, 맥주를 유난히 좋아해 "조카, 맥주 딱 두 병만 잉!" 하던 작은어머니의 애교도, 제 생각과 아귀가 맞지 않은 말이나 의견을 내면 "이 형이 웬 삐딱선을 타고 그런댜?"라고 퉁을 주던, 번듯한 건재상 차리는 게 마지막 꿈이었던 사촌동생의 목소리도 사라지고, 한 해에 두어 번은 찾던 고향도 점점 멀어져만 간다.

벽 쪽으로 돌아눕다

밤하늘의 별을 바라보고 길을 찾던 시대만큼
똑바로 누워 곤하게 잠들던 시절은 행복했을까
언젠가부터 반듯하게 누워
허공을 올려다보면
숨이 멎을 것 같아
천장이 무너져내려 덮칠 것 같아
칼등 세우듯 벽 쪽으로
돌아눕는 게 습관이 되었다

오방팔방까지는 아니고
네 모서리 가진 벽 네가 없었다면
끙, 하고 너에게로 돌아누울 수 없었다면
식구들 몰래 어찌 눈물을 감추었겠느냐
꺽꺽 속울음을 참을 수 있었겠느냐
타는 가슴을 쓸어내리었겠느냐

그러나 식구들 하나하나 멀어져가고
이제는 그들의 말소리도 체온도
점차 사라져가고
나는 나만의 혼잣몸이 되었다
이런 나를 받아주려고 사방 벽은
아직 살집을 잃지 않았나 보다

뼈마디 마디를 부러뜨리지 않았나 보다
물컹물컹한 네가 되었다면
이미 오래전에 너에게 등을 돌렸는지 모르겠다
단란과 안락에 젖은 채로
그 속에 녹아들어 유야무야 나를
아무렇게나 했는지도 모르겠다

이번엔 이쪽 벽을 향해 끙, 하고
돌아눕는다
흐르는 화면이 피워낸 꽃 한 송이
향기를 맡아 보려고
차마 못다 부른 이름 불러보고 싶어서
캄캄한 벽 너와 바투 얼굴을 맞댄다
아직도 전전긍긍하며 살고 있는 나를
쉬 깨어나지 않을 어둠 속에서 가만히 응시한다
식지 않은 별들의 운행을 머릿속에 그려보며
앞으로 길을 찾을 길이 남아 있는지 헤아려본다

박우만, 눈에 칼을 대다

전신마취를 당하고
수술 시작 카운트다운을 하는 의사의 건조한 목소리를
희미하게 귀로 듣다가 두 눈부터 감기고
오른쪽 눈의 낡아빠진 벽지처럼 떨어진 망막과
그 아래 맥락막을 다시 잇는다는 망막박리 수술
병실에서 눈을 뜨니 수술받은 눈 위에 씌워진 종이컵 안대
외계인도 놀라 퉁방울눈 더 크게 뜨고 볼까 두려워
거울 한번 안 보고 침대에 죽은 듯이 누워 있다
성한 한쪽 눈으로 어룽어룽 새벽의 지상을 내려다보았을 때
거기 시장통 입구 웬일로 저 혼자 어둠발 헤치고
불 밝혀 놓은 곳
'영등포 청과도매상'이라는 간판을 간신히 알아보았을 때

둥근 환한 불의 가두리 장막 속
머리 위에서부터 쏟아지는 불빛을 온몸으로 받으며
무더기 무더기로 쌓여 있는 과실들
오호라, 불볕 속에 가녀린 눈꺼풀 열고 비바람에 살 찢기며
더금더금 너희를 익혀갈 때
그리고 누군가의 손에 의해
지상으로 너희 몸 내려놓았을 때
팔려가 소름 끼치는 칼에 전신을 내맡기고
사정없이 도려내질 때

너희가 지르게 될 비명을 차마 예상하지 못했으리라

못했을까, 그렇다 나도 상상조차 못했다
그렇게 나는 세상을 바로 보지 못했으니
아니 바로 보려고 발버둥치다가도
삐딱하게 세상을 재단하는 일도 마다하지 않았으니
그렇더라도 각이 지거나 벌레 먹은 세상
그 어름 한쪽을 악착같이 베어물며 나는 살았느니
마침내 제풀에 지쳐 꺼져가는 내 눈에
칼을 대어 조금은 새로워질 눈으로
아직은 잠에서 깨어나지 않은
미명의 세상 한끝을 딛고 서서 생각느니
나도 이제 네 진한 과육 같은 눈물 한 방울
대지 위에 떨궈보련다
어느 자리에 놓여도 미소를 잃지 않는 너희처럼
녹슬지 않은 빛 알갱이 소리 없이 흘려보련다
살점 도려내는 아픔에 나 또한 동참하여
마음껏 비명다운 비명을 질러보련다

화순 적벽

광주가 초행이라는 그대와 종합버스터미널에 내려
근처 백화점에서 아이쇼핑하며 잠시 기다려 달라 이르고
그러나 볼일 끝내고 나니 어느덧 애저녁
새꼬시회 곁들인 저녁을 먹고 나오니
밤이 와 있고 비가 내리고
화순 리조트 셔틀버스 목이 빠지게 기다리는데
마침내 나타난 버스 손 흔들어도 비 때문인지
본체만체 줄행랑을 놓고
그 뒤통수에 대고 욕을 한 바가지 퍼붓고

택시를 잡아타니
광주에 처음 왔다는 그대에게
기사는 그날의 광주를 소환하고
그때의 치떨리던 상황을 꼬리를 물고 이어가고
부산이 고향인 그대는 아무것도 몰랐다고 하고
처음 듣는 이야기들이라고 하고
기사는 그때에는 그런 경우가 많았다고
손바닥만 한 나라에서 어떻게 남의 나라 일같이
보아넘겼는지 모르겠더라 하고
지금 가고 있는 이 길 어디에서도 분명
총소리가 들렸으리라 하고
억수같이 퍼붓는 빗소리에 갈수록 언성을 높여

화난 목소리로 쉬지 않고 이야기하고

비 오는 날 낯선 도시에서 먹은 회가 문제였을까
밤새 끙끙 앓는 그대 곁에서
이마에 찬 물수건 연신 갈아 얹어 놓아도
앓는 소리는 그치지 않고
카운터 야간 근무자에게 도움을 청해도 뾰족한 수가 없고
비상상비약이라도 갖춰 놓아야 되지 않느냐고 항변만 하고 돌아오고
펄펄 끓는 이마에 물수건만 수시로 바꿔 놓아도 차도가 없고
붉은 신음 소리만 점점 커져가고
새벽을 기다려 약국 찾아 나섰으나
리조트 단지에 하나밖에 없는 약국 문은 꽁꽁 닫혀 있고
일고여덟 차례나 오르내리다 겨우 사온 약을 먹고 잠든 그대여

오늘은 이곳 적벽을 보러 갈 계획이었지
모임 파하고 광주 벗들에게 화순 적벽에 대해 물어보았지
제각기 말이 달랐어
누구는 오래전에 있었는데 없어졌다고 하고
있긴 있는데 광주시 식수 상수원 보호구역으로 묶여 있다고 하고
일부 해금이 되었으나 숨겨져 있는 형국이라 찾기 힘들 거라

고 하고

그래도 잘하면 건너편 어디쯤에서 절벽 아래 흐르는
물소리는 들을 수 있을지 모르겠다고 하고
직접 찾아가 확인해 보는 게 상책이라고도 하고

우리는 그런 온갖 화순 적벽은 까맣게 잊은 채
한시바삐 항공편으로 서울로 올라가자고 말을 맞추고
지난밤 사나운 비는 언제 그랬냐는 듯 날은 뜨거워 오는데
텅 빈 정류장에서 오지 않는
광주행 버스를 오래도록 기다리며 서 있었다

박우만은 오늘 서부에 간다

자발적 방콕 시절 거쳐 타의적 집콕 시대 오니
이런 난세에 박우만은 무엇을 할 것인가
깔딱깔딱 숨넘어가는 선풍기 틀어놓고
그는 케이블 방송 영화 시청 삼매경에 빠져들었다
멜로, SF, 스릴러, 액션, 전쟁 · 재난 블록버스터 보다가
그가 올인한 건 흘러간 서부 영화!

화면이 열리면 창살 없는 감옥살이에 지친 눈을
활짝 뜨게 만드는 드넓은 평원, 끝없는 황야
카우보이 모자에 복장에 목에는 반다나 두르고
박차 달린 먼지 낀 부츠 신고
겅중겅중 뛰는 말 한 필에 총 한 자루 두 자루
원수를 찾아 황금을 찾아 무법자를 찾아 현상금 사냥꾼이 되어
서부를 헤매는, 떠도는
정의가 퇴색하고 질서가 무너지고 권선징악도 씨알이 안 먹히는
이 시대 오늘을 돌아보게 만드는
사나이들의 분투에 그는 필이 꽂혔다
그러구러 가을이라고 한 줄기 바람이 오는 날

박우만은 오늘 서부에 간다
알렉산더의 부케팔로스나 관운장의 적토마가 아니어도

윤기 잘잘 흐르는 암갈색 말이면 탱큐!
가칭 제목은 〈황야의 황색인〉
황야의 7인, 황야의 무법자, 황야의 이방인, 황야의 결투, 황야의 동업자, 황야의 들개들, 황야의 방랑자, 황야의 탈출, 황야의 분노, 황야의 은화 일 불, 황야는 통곡한다, 잘 있거라 황야……
많고많은 황야 표제에 슬쩍 편승한다고 시비는 걸지 마
거친 서부에 황야만큼 걸맞는 단어는 따로 없을 거야
황색인이라 붙인 타이틀도 의표을 찌르잖아?
눈치챘겠지만 타이틀 롤을 맡은 주인공은 박우만
엑조틱한 캐릭터가 걔들 코쟁이들의 호기심을 자극하잖을까?

간단하게 줄거리만 요약하자면,
먼 동양에서 출항한 상선이 최종 목적지를 눈앞에 둔
카리브해에서 해적선을 만나고
막내 갑판선원인 박우만은 용감히 저항하다 정신을 잃게 되고
배는 나포되고 백인 선장은 거액의 몸값을 지불하고 풀려나고
박우만이 눈을 뜬 곳은 조지아주 서배너의 선장 집
머잖아 선장은 상선회사의 갑질로 옥살이를 하러 가고
뇌에 치명상을 입은 박우만은 기억상실증에 걸려
자기가 누구인지도, 어디서 왔는지도 모르고
(우리네 연속드라마 단골 메뉴인 출생의 비밀 냄새가 나지?
허나 걔들은 자주 접해보지 않아 그런대로 먹혀들 거야)

선장의 아름다운 딸 엘리자벳은 그런 그를 사랑하고, 시간이 흘러가고……

더이상은 스포일러라 곤란하지만,

그가 어떻게 서부의 황야까지 나오게 됐는지

피부 색깔과 언어가 달라 겪는 파란만장에다가

양키들의 오리엔탈에 대한 관심과 호기심이 펼쳐지면서……

살짝만 귀띔할게

반전이 일어나는데, 쌍둥이를 안은 엘리자벳이 그를 찾아 나타나고……

그가 얼마나 말을 잘 탈지 총 솜씨는 어디까지가 적당한지

온갖 우여곡절을 겪으며 마침내 클라이맥스가 다가올 때

그가 해결해야 할 숙제는 어떤 게 남아 있는지……

원경으로 기기묘묘한 바위가 임립해 있고

사나운 바람이 휘몰아쳐 오는 황야

홀로 말 위에 앉힌 그를

다음 또 다음 시퀀스에는 어떻게 처리해야 할지

머릿속으로 시나리오를 구상하다가

황야보다 더 황량한 이 무자비한 팬데믹 세상에

코로나 악당도 코리아 컨트리도 잠시 잊고

그는 모처럼 ㅎㅎㅎ 행복한 웃음을 웃었다

제4부

눈물의 양식

여러 용도가 있겠지만
눈물은,
어떤 이에게는
일용할 양식이다

그분의 그것을 받아먹고 자라
나는 이만큼 인간이 되었다

적빈

얼마큼 옷을 입고
또 입어야
누추한 이 몸뚱어리
가려질 수 있으랴

얼마만큼 옷을 벗고
또 벗어야
두 손 가리지 않고
그대 앞에
눈부시게 설 수 있으랴

적빈 공수의
이 붉은 벌거숭이
아, 얼마나 얼마나 더
껴입고
벗고 벗어야

다슬기 식구

엄마 엄마
오늘같이 구죽죽 비 오는 날에는요
엄마가 좋아하던 다슬기
두 홉들이 됫박에 고봉으로 올라온 그것
종이봉지에 넣어 와
안방 바닥에 왁자하니 펼쳐놓고요
엄마 저고리 동정 달던 그 바늘 어딨나요
제 이름표 달아주던 옷핀 지금도 있나요
엄마 엄마
물속 바윗돌 요기조기에 붙어 있다가
맑은 물살에 살살살 살살살 쓸려가다가
낯선 손에 잡혀 머리가 어질어질 다리가 후들후들
맥을 놓았다가 까무룩 정신을 잃었다가
뜨거운 물에 목간하고 우리에게까지 팔려 와
말없이 누워 있거나 다소곳이 기대어 있는 것들
엄마 엄마
이 다슬기들마냥 소생이나 많이 두었으면 좋았을걸
지아비 일찍 세상 떠 그랬을까, 딸 둘에 아들 하나
일가붙이는 가뭄에 콩 나기로 있는 둥 없는 둥
여기 다슬기들마냥 와글와글 모여 사는 게 어찌나 부럽던지
경조사 때면 꾸역꾸역 모여드는 면상들이 또 얼마나 신기하던지

끊이지 않고 이어져 나오는 다슬기 속살처럼
줄창 비 내리는 이런 날에는요
부모 자식 손주 다슬기 다 함께 있는 이런 날에는요
염치없어도 좋으니 엄지만 한 소라고둥이란 놈 껴들어왔으면
부우 부우 한번 불어보겠는데요
바다 건너 시집간 누이들 그 소리 듣고
엄마, 오빠 지금 잡숩는 것 다슬기 아녜요
둘이서만 잡숩지 말고 남겨 놓아요
그것 맛있는지 잘 모르지만 먹는 법은 알아요
먹어도 먹어도 배 안 불러 속상했지만요
소쿠리째 그것만 먹은 날 있거든요
그러다가 창피하게 엄마 눈물바람 일으켜
내 새끼들 내 새끼들
머리통 콩콩 눈물 콕콕 찍어바른 날 있었거든요
온종일 구질구질 비 오던 날
비 새는 양철지붕 사글셋방에
다슬기 우리 네 식구 동그랗게 머리 맞대고 모여 앉아

쓸모 있는 밤

헐거운 밤이 와도 요즘 그런대로 즐거운 것은
며칠 걸려 노모가 손수 주워온 은행을
(나는 냄새보다 옻이 오를까봐 조마조마한데)
깨끗이 씻어 오래 말린 후
틈만 나면 그놈들 견고한 견과옷을
망치로 깨부수고 알맹이 끄집어내어
프라이팬에 들들 볶아낸 것을
단숨에 서너 알씩 축내고 싶은 욕심을
애써 참으며
술이라도 있으면 안주로 안성맞춤일 거라고
입맛을 다시며

찌르 찌르르 찌르 찌르르
창밖 너머 숲에 찌르레기라도 와 울면
이렇게 맛있는 밤참 먹어 봤느냐며
콩알 하나 나눠 먹듯 그에게도 먹여보고 싶은 것
그러다 보면 잔병치레가 잦은 데다
자다가 자주 경기가 들려 숨넘어갈 때마다
건넌방에서 주무시다 쏜살같이 문지방을 타넘어
이 오밤중에 웬 찌르레기가 우느냐고
애꿎은 엄마만 닦달했다는 할머니가 떠오르며
할머니 호물호물한 입에도 은행알을 넣어보고 싶은 것

그때에는 제 잘못으로 찌르레기 소리를 냈으니
이제 엄마를 그만 나무라셔도 되지 않느냐며
눈도 한번 찡긋, 윙크해 보고 싶은 것
그런 참 쓸모 있는 밤

밤의 홍시

방 한가운데 소반에 다소곳이 홍시가 놓여 있는 밤입니다

가깝다는 친척이 와서
당신의 작은 방은 넘쳐납니다
넘쳐나 당신의 외롭고 쓸쓸한 방은 오랜만에
열린 입을 다물 줄 모르는 밤입니다

먼 곳으로부터 왔다는 저들을 나는 모르고
저들의 고향을 알 수가 없고
저들의 검게 그을린 얼굴에 깊게 패인 고랑의
그 처음을 본 적이 없고
당신만 어린애처럼 신이 나서
손등의 저승꽃마저 환하게 부풀어오르는 밤입니다

피가, 한 방울의 피가, 그러니까 핏줄 같은
무엇인가가 있어
어느 언덕에 닿았던가 구름 아래 흩어졌던가
그러다가 어디에서 다시 만나
원뿌리의 실뿌리 한 식솔들처럼
아직은 마르거나 부서지지 않아
예까지 끊어지지 않고 이어진 피의 행로가
오늘 밤 한데 엮여 어디론가 흘러가는 밤입니다

아무도 손대지 않은 홍시가
졸리운 듯 저희끼리 몸을 기대고
밤이 깊어갈수록 새록새록
이야기꽃 피우는 오래된 사람들
흙을 붙안고 살다 머잖아 흙으로 돌아갈 사람들
대지의 가장 가까운 친척들인 저들의
갈퀴발 같은 손에 눈이 가는 틈틈이
저들과의 촌수를 마음속 손가락으로
끙끙거리며 헤아리는 사이
누군가는 아까부터 내 이름을 자꾸 바꾸만이라고
바꿔 부르는 밤입니다

나부 날다

나부, 나부, 나부가 나부가 …… 당신은 허공을 향해 손수건이라도 흔드는 양 손을 흔들었습니다. 응급실 한구석, 한때 유행했던 비키니옷장을 가로 눕혀놓은 듯한 간이 병상에 누워 당신은 나부, 나부라는 말만을 되풀이했습니다.

나부는 나비를 가리키는 걸까요? 당신은 왜 나비를 손짓해 부르는 걸까요? 그 나비, 나부는 지금 어떻게 날고 있을까요? 한 마리일까요, 두 마리일까요? 따로따로 날고 있을까요? 사이좋게 날고 있을까요? 어디서 날아오는 나부일까요? 소꿉놀이하는 동무 사이로 날던 나비일까요? 나풀나풀 줄넘기하던 머리 위로 날던 나비일까요? 흰나비일까요, 노랑나비 호랑나비일까요, 부전나비일까요?

당신 곁에서, 당신의 나부 부르는 소리 속에서 당신의 팔십 평생이 지나가고 있었습니다.

왜 그 긴 세월을 산 지금 하고많은 말 중에 나부라는 말만을 되풀이하는 걸까요? 왜 떠지지 않는 두 눈에 날갯짓하는 나비의 영상만이 떠오르는 걸까요? 이제 이 세상의 마지막 강을 건너 저편 언덕에 닿고 싶다는 마음이, 아직은 가고 싶지 않다는 마음이 한사코 몸부림치며 서로 싸우는 동작이, 안타깝게 나비로 화해 날고 있는 걸까요? 그 나비를 좇아 당신도 어느새 나비가 되어 날아가는 게 아닐까요? 아아, 저세상 가시나무 사이를 피 흘리지 않고 날 수 있기를, 영원히 그렇게 무너지지 않고 날 수만 있다면 얼마나 좋을까요.

나부, 나부, 나부가 나부가 …… 어쩌다 나비 날개처럼 가녀린 숨을 내쉬는 당신 곁에서 저는 하루 내내 서러웠습니다.

겨울 영산홍

병든 몸으로 낮과 밤을 뒤바꿔 사는
당신은 밤낮으로 밥을 달라고 보채는데
철모르는 영산홍은 한겨울에 꽃을 피웠네
저도 염치는 있는지 딱 세 송이만 피워냈네
웃음 잃은 거실을 붉은빛으로 띄워 올렸네
시도 때도 없이 방문 힘겹게 열고
당신은 지금이 저녁때냐고 새벽이냐고 묻네
나는 대답 대신 꽃이 보이지 않느냐고
꽃 하나만큼은 붉은 것이 좋다고 말씀하시던
당신의 마음에 들 것 같아
멀리까지 가서 사온 꽃나무라고
당신은 아무런 반응이 없네
눈길은 꽃 가까이 가 있는 것 같은데
누룽지사탕 하나만 하나만 달라고 애원하네
당신이 사탕을 오물거리는 사이
당신은 눈도 귀도 이미 소용없어진 게 아닌지
철없는 나는 그제야 깨달았네
그렇게 꽃 한번 보고 당신 한번 보는 사이
바야흐로 제철 맞아 꽃 마구 터뜨려야 할 시간
영산홍은 그만 죽고 말았네
한겨울에 피어난 기적 같은 세 목숨
당신이 좋아하던 붉은빛 한마음으로

당신과 함께 스러지고 말았네
오롯이 당신 한목숨 앞에 바쳐졌네

첫 번째 봄 편지

봄 강이나 바라보려고
봄 강물 소리나 들어보려고
봉홧불 멈춘 지 오래인
봉산 둘레길 십리허 걷고
불광천길 사십여 분 걸어 다다른 곳
한강 성산대교 발치
홍제천 물목
꽝꽝 얼음 얼어
배 두 척 꼼짝없이 갇혀 있던 곳
그 배들이겠습니다
얼음감옥에서 풀려나 둥둥 떠 있고
그 주위론
그때에 못 보던 것들이 동동 떠 있었습니다
(저것들은 얼음장 속에서 부화된 걸까요?)
수십 마리 새들이 물너울을 타면서
쪽쪽 소리나게 젖을 빨다가
고개 들어
강물 소리는 저리 가라고
왁자지껄 서로 찾고 부르니
저도 겨우내 얼었던 두 눈 귀 활짝 열고
그 야단법석 속으로 들어갔습니다
쪽쪽 당신 젖을 빨아대던

그리운 배냇둥이로 돌아갔습니다
그리고 새소리는 저리 가라고
응애응애 울었습니다

어머니, 편안하시죠?

두 번째 봄 편지

엄마, 제가 중학생일 때
미군부대 앞에서 미장원 하던 일 생각나세요?
어느 여름날 〈굿바이 제니〉라던가 하는 영화 찍을 때
이층 미용실의 누군가가 창밖으로 브래지어를 던지면
엿장수 김희갑이 그걸 받아 제 가슴팍에 대보고
합죽웃음을 웃던 그 장면
몇 해 뒤엔 나훈아가 최홍기라는 이름으로
정문 위병을 서 여자들이 떼로 몰려드는 진풍경이 벌어졌구요
엄마, 그때 그 시절 가끔 엄마가 쓰던 말 "오프레미 불었다!" 기억나세요?
그게 불면 미장원 주고객인 양색시들이
입을 맞춘 듯 발을 끊어 개점휴업 상태가 되곤 했지요
나는 그 말이 무슨 뜻인 줄 몰라
오래도록 마음에 두었다가 성인이 다 되어서야
부대 내 비상이 걸려 미군들의 출입 금지를 뜻하는
'Off Limits'를 부르기 쉽게 엄마가 만들어낸 입말이라 짐작했지요
엄마, 당신이 계신 그곳에는
오프레미 부는 일 그런 건 없겠지요?
그 말 하며 가슴 졸이는 일도 없겠지요?
단골 양색시, 미용실 누나 누구 하나라도 만나보셨는지요?
아, 여기 나훈아씨 잘 있구요, 그의 〈홍시〉라는 노래를

여러 가수가 제각기 맛이 다르게 부르고 있답니다
치아가 안 좋아서인지 유독 홍시를 좋아하던 엄마,
오늘 장에 가 끝물이어서인지 더욱
볼 붉혀 앉아 있는 홍시를 보니
울 엄마가 그리워집니다
당장 그곳에 이 홍시를 보낼 좋은 방법이 어디 없을까요?

미타찰(彌陀刹)에서 만나면

향가 「제망매가」의 뜻을 살려

누이여, 낯설고 물설고 말설은 이역만리 바다 건너 사는 막냇누이여. 너를 생각할 때면 누가 만들어낸 조어인지 안쓰럽다는 형용사를 비튼 듯한 '안씨로이'라는 말로밖에 딱히 표현할 길이 없다. 누이여, 엄마에게 야단맞을 때마다 기다렸다는 듯이 "엄마, 내가 엄마에게 왜 맞아야 하는지 엄마가 말해줘"라며 닭똥 같은 눈물을 흘리던 누이여. 나와 네 언니가 킥킥거리며 웃으면 더 서럽게 울며 "엄마, 엄마가 나 대신……", 눈물 콧물 흘리던 누이여.

공부에는 별 관심이 없고, 한때는 엘리사던가, 혼혈아의 아이 보개가 되어 신이 나 있다가 입양되어 먼 나라로 떠나는 바람에 낙담하여 물 한 모금 안 삼키고 이불 뒤집어쓰고 누워만 있던 누이여. 그 후유증이었을까. 그해 추석을 앞두고 난데없이 캄캄하게 사라져버린 누이여. 온 식구가 나섰지만, 결국 너를 찾아낸 사람은 발바닥에 불나도록 밤낮없이 백방으로 뛰어다닌 엄마였다. 서울 종로 거리의 한 포목점의 색색의 주단 앞에 그림처럼 앉아 있다 엄마 눈에 띈 누이여. 그날만큼은 자기가 저지른 잘못을 알려달라고 엄마에게 부탁하지 않은 누이여.

네가 사는 곳은 너무 추운 곳이라 두터운 털쉐터를 보내며, 우리 막내는 복이 많아 평생 일하지 않고도 잘도 살 거라는 엄마의 말대로 직장 한 번 안 가져보고 우리 곁을 떠난 누이여. 너는 전화기 속에서 언제나 "오라버니!" 하고 나를 부른다. 일찍 은퇴한 남편 두고 자기가 마트일 나간다고, 그 말에 나는 금세 또 안씨로이라는 말이 가슴을 먹먹하게 하는데, 지금 시급 칠 불을 받는데 한국인 사장이 일 잘한다고 자기만 특별히 일 불 더 올려주기로 했다는 누이여. 그게 싼 건지 비싼 건지 어림짐작으로 한 달치 계산을 해보며 일이 고되지 않느냐고 묻자, "재밌지 뭐. 지금 일 나가야 하니까 다시 연락할게. 오라버니 안녕!" 하며 멀어져가던 누이여.

그끄러께였던가. 멕시코만이 바라보이는 플로리다의 어느 한적한 마을의 네 언니 집에서 인디애나주 어딘가에서 한달음에 달려온 너를 봤을 때, 무슨 몹쓸 병을 앓았는지 넉넉하던 네가 대꼬챙이가 되어 있더구나. 고작 이틀 밤을 같이 지내고 네 언니가 여비에 보태쓰라고 내준 이천 불 중 절반을 네게 건네고 떠나온 이 오라버니가 야속했는지 그 후론 전화도 뜸한 누이여. 엄마가 살아 있으면 우리 막내가 어쩐 일이냐고, 젊어서도 손에 물 한 방울 안 묻혔는데 나이 먹어 웬놈의 고생문이 열렸냐며 가슴을 치게 할 누이여. 오오, 낼모레면 어느덧 예순을 바라보는 누이여.

우리가 죽어 이역만리보다 얼마나 더 먼, 더 낯선, 혹 미타찰 같은 곳에서 나를 만나도 이승에서처럼 오빠 대신 "오라버니!"라고 불러줄 누이여. 앞으로 더는 안씨로이라는 말 가지고는 태부족한 이 세상 단 하나밖에 없는 내 막냇누이여!

무지개 할머니

엄마가 일하러 가면
할머니 띠 띠워 날 업어주었지
너무 헐렁하게 동여매
노상 미끄러내릴 뻔했지만
끙, 하고 젖먹던 힘까지 쏟아
날 추슬러올릴 때면
머리끝이 하늘에 닿는 줄 알았지
그런 어느 날
하늘 저쪽에 뜬 무지개 보았지
신기하기만 했어
할머니 띠는 무명띠 하나뿐인데
무지개 띠는 자그만치 일곱 색깔
하나씩 떼어내어 주면
할머니 입이 귀에 걸리곤 했지
매번 색다른 띠를 두르는 나는 또 어떻고
그 할머니 이제 여기 없어
일곱 색깔 무지개다리 하나씩 밟고
저 하늘 밖 어딘가에로 떠났나봐
그 후론 곧잘 눈에 띄던 무지개도
할머니 따라 영영 사라졌나봐

동백장

치운 북새 속
불 한 모금 머금고
허위단심 삼동을 건너온 너는 이제
선 채로
붉은 가슴 허물어뜨리고
붉은 모가지 떨어뜨리고
참람되이 죽어간다
어디에 널 떠메고 갈 동무 없어
그 자리에 스스로 네 무덤을 쓴다
그 앞에 말없이 오래 서 있는 사람은
너처럼 붉은 울음 오래 참았던 사람이다

탁발

저저금 홀로 떨어져 있는 가을꽃들은
탁발 나온 비구니 같다
물색 바랜 옷 걸치고
머뭇머뭇 머리를 조아리는
우리도 저렇게 탁발을 하며 살았는지 몰라
바랑보다 무거운 등짐들을 지고
이 집 저 집 기웃거렸는지 몰라
입 다문 문 앞에 다가가
빼꼼 그 아가리 열고 그 틈새로
가까스로 반쯤 모가지 들이밀고
한 됫박 양식을 구했는지 몰라
사납게 이빨 드러낸 개가
발톱 세워 미친 듯이 뛰어오르며
죽어라 짖어대는 바람에 주춤주춤 물러서고
불쑥 주먹 내미는 목련꽃 넋 잃고 바라보다
난데없는 물벼락 흠뻑 뒤집어쓰고
악에 받쳐 목탁을 두드려대며
세상과 맞서 싸움을 벌였는지 몰라
때로 더는 물러서지 않으려고 앙버티며
딱딱딱 딱딱딱 딱따그르르르
몸통이 깨져라 목탁을 치고
몸뚱이째로 목탁을 치고

앞으로 앞으로 나아갔는지 몰라
이 세상을 떠돌았는지 몰라
허리 구푼 지팡이도 없이
어둑발 짚어가는 저기 저, 저
골목길 사람 하나 간다
싸늘한 바람은 선뜻 길을 비켜주지 않는데
얼마 남지 않은 서쪽으로
허발을 하고 다시 탁발하러 가는
처진 어깨가 가을꽃처럼 외로이 흔들린다

이것이 내 기도다

태양의 흑점이 더는 많아지지 않기를 바란다

달 속의 옥토끼가 방아 찧는 것을 멈추지 않길 바란다

북극곰이 남극 펭귄에게 거처를 알아봐달라고 전보를 치지 않기를 바란다

제비가 오지 않아 제비꽃마저 피지 않는다고 낙담하는 자가 없기를 바란다

백리향은 백 리를 천리향은 천 리까지 향기가 간다는 데 토를 달지 않길 바란다

빌라촌에서나마 고양이 울음보다 갓난아기의 울음소리가 들리기를 바란다

비바람 몰아치는 거리에서도 난타의 등불이 꺼지지 않기를 바란다

첨탑 십자가 위에 꽂힌 피뢰침에 찔린 하늘이 피를 내려주기를 기대하지 말기 바란다

유성우 쏟아진 밤이 지나면 그 배수의 별들이 새로 나타난다는 믿음을 갖기 바란다

인간의 본성은 태어날 때부터 사악하다는 어느 선현의 명제가 부디 틀렸기를 바란다

당신!

오순도순 한식구 처음 나들이 가는 날
승합차 속 자지러지지는 웃음소리
굽이굽이 열두 굽이 휘돌아 흐르다가
어느 순간 절벽 아래로 묻혀버렸습니다

단풍 저리 곱게 피우시고
손짓해 부르시며 어디 한번
마음 놓고 보라고 마음 써주더니
갑자기 무슨 생각으로
저 시커먼 낭떠러지 구렁 속으로
단풍보다 더 붉은 단풍으로
저들을 한꺼번에 떠밀어 보내셨습니까

얼어붙은 피

로드킬

어디로든 가기는 가는 길이었을 것이다
햇볕 가릴 챙 달린 모자 없이
비바람 막아줄 우비 없이
인도해줄 향도 하나 없이
이쪽 마른풀에서 저쪽 가시덤불까지
엉금엉금이든 폴짝폴짝이든 쌩쌩이든
어떻게든 가기는 가려고 가는 길이었을 것이다
엎어지면 코 닿을 머나먼 길
죽기 살기로 건너야 할 머나먼 길
이 차안에서 저 피안까지의 머나먼 길
그 길바닥에 낮게낮게 엎드러진 것들
몸부림도 목울음도 오체투지도
그 길 위에 한꺼번에 재워두고
서둘러 노제까지 마친 저것들
오래된 화석이 되어 살아남으려고
해발 0밀리미터에 뜨겁게 가슴 맞닿아
한 오라기 얼어붙은 피로
평토장 쓴 저 목숨들

누드엘리베이터

저도 동물인 주제에 인간은 동물원 만들기에 열심이다
대도시마다 동물원 한 채씩 갖는 걸 권장하고 자랑하게 만든다
세계 각지에서 수집한 온갖 동물들을 우리 안에 가둬놓고
구경하기를 좋아한다
희희낙락 손가락질하며 그들을 흉내내기를 즐겨 한다
모든 엘리베이터는 동물원 우리를 닮았지만
창 없는 독방 벌방 감옥 같은 느낌이 들어 인간은
진일보한 승강기를 만들었다
만천하에 발가벗은 이 누드엘리베이터는
중정에서 뿜어져나오는 오색 음악 분수 곁에서 올려다보는 것도 좋지만
간단없이 오르내리는 에스컬레이터에서 무심히 쳐다보는 것도 괜찮지만
그 안에 스스로 갇혀 보는 이색 체험 또한 별미다
밖에서 환히 들여다보이는 터수에 한술 더 떠
갇혀서 발가벗기고 발가벗어보는 것도 나쁠 것은 없다
빨간 똥구멍의 원숭이가 되어 현대식 이동 우리 안에
한 자리 차지해 보는 것도 해롭지 않다
저 공작옷 입은 여자는 오늘 스카이라운지에서 맞선을 보나
고라니 입을 가진 저 청년은 삼년차 공시생일지 몰라
펠트 모자를 쓴 코알라 부인은 원형 탈모를 감추기 위해?
악어가죽 벨트로 아랫배를 꽉 움켜쥔 하마 아저씬 육식에 사

족을 못 쓸 테고

정장 차림에 브리프케이스를 든 돌고래 신사분은 혹 보험설계사가 아닐는지

아, 토끼 눈의 저 아가씨 호텔 객실 1004호에서 늑대에게 순결을 잃을지 몰라

염소 수염의 노인은 스틱으로 바닥이 안전한지 톡톡 두드려보고

문이 열리고

와우, 오랑우탄과 사막여우 같은 남녀가 양손 가득 쇼핑백을 들고 입장하고

그 틈을 비집고 고라니 청년이 재빠르게 탈출하고

문이 닫히고

징징대는 오소리 소년의 머리통을 한 팔로 감아안고 올라탄

파마머리 여인은 눈 와짝 뜬 스라소니 같고

다시 문이 열리고 하마 아저씨 느릿느릿 퇴장하고

다시 부드럽게 벌거벗은 동물원 울짱 문이 닫히고

스카이라인 너머 하늘이 조금씩 노을로 물들어오는 시간

박우만은 거리를 방황하다가 지방에서 온 여행객처럼

이곳 대형 복합몰에 들러 시간을 죽이다가

호기심 반 모험심 반으로 이 뜻밖의

각진 판옵티콘 같은 누드엘리베이터를 타고

잭의 콩나무처럼 높이높이 솟아오른다

솟아오르며 사슴 여인과 함께 코끼리열차를 타고 찾아갔던
이 거대 인간동물원 근교에 있는 거대 자연동물원이 안녕한지
기린처럼 길게 목을 빼어 내다본다

마스크 쓴 마르크스

그가 선언했겠다
"하나의 유령이 유럽을 배회하고 있다 공산주의라는"
지금 생각하면 지역적이고 추상적이지만
그때에는 득의의 표현이었는지 모르겠다
그가 조금 더 살아
유럽을 벗어나 동쪽으로 동쪽으로 동아시아까지
아프리카에서 아메리카까지 한번 휘 둘러보았다면
유럽과는 다른 유령이, 아니면 유령 아닌 다른
어떤 것이 지구를 배회하고 있다,라고
고쳐 썼을지 궁금해진다

유령은 한곳 한자리에 머물지 않는 특권을 지니고 있다
가만히 있으면 좀이 쑤시거나 병이 생기거나
행동거지가 사나워져서 미쳐 날뛸지 모르기 때문이다
오늘날 그 유령은 마스크 쓴 유령이 되었다

세계가 그와 같은 코로나19 유령 공습에 대항해
죽기 살기로 연일 경쟁하듯 경고 방송을 날린다
써라, 써라, 써라, 마스크를!
맞아라, 맞아라, 맞아라, 백신을!
만남, 모임 제한, 회식 불허, 행사, 집회 금지, 금지!
혼밥, 혼술, 방콕, 집콕, 환영 환영, 절대 환영!

사회적 동물은 잠시 잊고
철저히 사회적 거리 두기를 실천하라!
뭉치면 죽고 흩어지면 산다!
각자도생하라, 타인과 되도록 멀리 하라!
부모형제와도 가깝게 지내지 말아라!
연인들아, 스킨십도 키스도 자제하라!
비대면의 사랑법을 배우고 랜선의 우정을 익혀라!
모든 오프 리미츠가 희망이다, 구원의 등대 불빛이다!
만국의 노동자들이여, 단결은 잠시 유보하라!

죽음을 앞두고 런던의 소박한 집에서
하나밖에 없는 안락의자에 앉아 있는
마스크 쓴 그를 생각하면 슬몃 웃음이 나오다가도
털북숭이 그가 마스크 쓰느라 끙끙댔을 것을 생각하면
새 변이 코로나 바이러스가 하필 이곳 런던에서 발견됐다는 것을 안 그를 생각하면
공산주의라는 유령이 유럽을 배회하고 있다고 큰소리 친
그 시절을 그리워하고 있는지도 모를 그를 떠올리면
"내가 살아가고 있는 사회의 절망적 상황이 나를 희망으로 채워준다"고
어느 편지에 쓴 그의 글을 떠올리면
이때를 놓치지 않고 새로운 공산주의를 꿈꾸는 그의

후예들의 책을 읽다 보면
마스크 위로 참았던 재채기가 나온다
기침이 쏟아져 나온다
마스크 쓴 힘없는 유령들의 출소 날짜조차
잡을 수 없는 기약없는 감옥살이를 생각하다 보면
하루가 다르게 가쁜 숨을 몰아쉬며 죽어가는 지구 어딘가를
마스크 쓴 마르크스라는 유령이 갈팡질팡 배회하는 것이 느껴진다

제5부

유등(流燈)

진주 남강
벌렸던 '유등축제'에 가지 못한 저를 위해
님은 휴대전화로 찍은 사진을 여럿 보내주었습니다
불 밝힌 각양각색의 등불들
저는 맘에 드는 등불을 골라 인화해
액자 속에 넣어 책상 앞 벽에 걸어두었습니다

어느 해 봄
촉석루에서 님과 함께 보았던,
막 풋잠에서 깨어난 물결 따라 흐르던 배처럼
그 등불은 지금 제 곁으로 흘러오고 있습니다
축제 끝나고 강을 수놓았던 모든 등불이 불을 끄고
제 집으로든 어디로든 돌아간 뒤에도
액자 속 등불은 오늘 밤에도 불을 켠 채로
제게 다가오고 있습니다

저는 훗날 언젠가는 등불 실은 그 배가
님을 향해 되돌아가리라 믿고
그때에 님께서 한눈에 알아볼 수 있도록
님을 그냥 지나쳐 어디론가 사라지지 않도록
그러기 위해선 언제까지나 등불을 끄지 않기를
책상 앞에 꼼짝없이 앉아 지켜보고 있습니다

겨울의 사랑

제 주인인 나에겐 한 번도 벌거벗은 자기를
보여주지 않은 내 등
거기 화산 폭발의 분화구가 남아 있었던가
타버린 유성의 파편이 박혀 있었던가
하나, 둘, 셋, 깔깔…
님은 검지로 검은 점을 하나씩 짚어가며
넷, 다섯, 여섯, 깔깔 까르르……
일곱 개의 별을 이어
북두 별자리를 만들어주었습니다
이 별자리 잊지 말라는 듯
별들의 노둣돌을 여러 번 되짚어주었습니다

모처럼 올라온 겨울 미시령
그 별자리 찾아
그 웃음소리 찾아
오래도록 밤하늘을 올려다보았지만
지난여름 홍수에 떠밀려갔는지
미친 회오리바람에 휩쓸려갔는지
보이지도 들리지도 않아
북두보다 먼 남쪽 님 계신 쪽으로
제 추운 등을 서서히
아낌없이 돌려주었습니다

박우만이 악어옷을 입는 날

이 나라에는 악어가 살지 않는다
한강이나 낙동강, 우포늪이나 순천만 같은 데에서도
악어가 나타났다는 기록은 없다
갈매기 떼 종종거리는 철 지난 안면도 삼봉해수욕장에서
시시덕거리며 서툰 해루질하던
통나무펜션 투숙객들의 눈에 띈 적도 없다
알고 보니 녀석은 바로 우리 이웃에 살고 있었다
그 녀석을 오늘 박우만은 심장 가까이 모셔왔다
악어와 악어새 같은 인연, 악어새가 선물한
초록 악어가 수놓인 옷을 박우만은 새삼 내려다본다
아가리 힘껏 벌려 하품하는 하마와는 다른 분위기가 녀석에게 있다
뭍에 올랐다가 슬그머니 물속으로 미끄러져 들어가는
조용한 느릿함의 미덕이 이 녀석에겐 있다
그러므로 모든 것이 한 수 느려터진 강북에 어울릴 것 같은데
녀석은 의외로 뻘밭 하나 없는 강남에 출몰한다고 한다
탄천 같은 델 제 행동 구역으로 삼으면 제법 어울릴 것 같은데
녀석은 의외로 수입산 건축자재로 치장한 마천루의
대리석 바닥을 배로 슬슬 기다가 문지르다가 혀로 핥다가
날랜 순발력으로 채신머리없게 쏘다니다가
초고층 빌딩을 스파이더맨처럼 쏜살같이 올라간다고 한다
거기 전망대 난간에 턱을 걸치고 한강을 굽어보고 저멀리 펼

처진
　서울을 조망하는 게 낙이라고 한다
　때로는 난간 전체를 빙 둘러 차지한 이 악어들은 낄낄거리며
　사방팔방으로 분비물을 쏟아내는데
　멀찌감치에서 눈치를 살피던 악어새들이
　향기로운 냄새를 기대하고 다가가다가
　악취에 머리를 절레절레 흔들기도 한다
　악어와 악어새 같은 아름다운 관계는 옛 교과서에서나 나올
법한 일
　못난 악어 박우만은 해준 것이 별로 없이 오래전에 헤어진
　악어새를 생각하며 걷고 있는데
　갑자기 앞쪽에서 회색 스타렉스가 빵빵거리며 달려와
　한껏 그를 무시하며 꽁무니를 빼는데
　흘낏 본 차 옆구리에는 '악어와 악어새—청소대행업체'라는
문구가
　대문짝만 하게 씌어 있었다

빙탄의 시 2

골목길 한 모퉁이
얼음과 석유를 함께 파는 가게를 지나다가
어떤 사람은 이 세상이 불로 끝날 거라고 말하고
어떤 이는 얼음으로 끝장날 거라고 말한다는
시를 쓴 시인의 이름을 떠올리려고 끙끙대다가
저 가게는 얼음과 석유(불)를 같이
팔고 있으니
세상의 종말을 불러오게 될지도 모를
얼음과 불을 똑같이 취급하고 있으니
주인장은 공평무사한 합리주의자가 아닌가
초월주의자가 아닌가
불로든 얼음이로든 이 세상이 없어질 때까지
어떻게든 물불 안 가리고
얼음과 석유를 공급해가며
그걸로 밥을 먹고 있으니
혹 경기가 나빠지면 얼음을 먼저 내칠까
석유에서 손을 뗄까
아직은 염두에 두지 않고
언제든 얼음으로든 불로든 세상이 망해 없어져도
그 날 그때까지 이 둘을 껴안고 살아가야 하니
오늘 할 일은 오늘 해야겠다는 마음으로
한여름에는 얼음을 실어나르느라 바빴을 몸이

이제는 석유를 가득 싣고
딸딸딸딸 소리도 요란하게 골목길을 빠져나간다

손발을 기리는 노래

무슨 자격이 있어
너희를 수족처럼 마구 부렸는지

미안쿠나, 손발이여
노동의 최전선이자 생활의 바로미터

살뜨물 같은 머리로는 노상 낭패를 거듭했지만
너희로 밥을 벌었다 식구들을 먹여 살렸다

변화무쌍한 얼굴은 가면과 인두겁 쓰는 데 걸맞지만

손과 발은 어떻게 해서도 숨길 수가 없었다
그러므로 언제나 맨 먼저 화를 당하고는 했지

적이 우리를 억압하려는 첫손가는 기술 역시
손에 수갑을 채우고 발에 족쇄를 채우는 것이었고

간혹 손이 발이 되게 빌게 되는 일이 벌어져도
너희는 언제나 변함없는 나의 우군이자 아군!

그래 운명의 끈이 끊어지는 그날 이후에도 손발이
따로 놀지 않게 정성스레 감싸 묶어놓는구나

카프카* 레시피

노동자재해보험국의 법학박사 프란츠 카프카에게 국민으로서나 윤리적인 측면에서나 어떤 오점도 존재하지 않습니다.
— 프라하 경찰청

그런 그가 왜 법 앞에서 유형지행 선고에 처해지는

심판을 받아야 하는지

당나귀 귀를 가진, 시골의사 같은 그가

단식 광대로 살다 하루아침에 벌레로 변신했는지

성의 남쪽 시에 사는 문화센터 양식 요리반 실습생인 K에게 내준 숙제인
레시피로 자신을 식재료로 사용하는 걸 허락했는지

단, 까마귀 고기로는 요리하기가 어려울 거라고 슬쩍 귀띔해 주었는지

* 카프카는 체코어로 '까마귀'라는 뜻.

독선생

아무도 친절하게 가르쳐주지 않았다
고명한 대학교수도 저명한 외국 문학 연구자도
마야콥스키를 브레히트를 네루다를
하이네를 아라공을 뜬금없는
호찌민은 말할 것도 없고

하이네는 애인의 창 아래에서
세레나데나 불러주는 서정시인인 줄만 알았다
네루다는 여자의 하얀 허벅지, 젖가슴의 잔들
음부의 장미들 어쩌구 하는
사랑과 관능의 시인으로만 짐작했다
브레히트는 왈짜 연극쟁이에다 할리우드까지
판을 넓힌 개뼁쟁이 지존으로 치부했다
호찌민은 어떤가
한 치 앞도 분간할 수 없는 밀림 속에서
신출귀몰하는 베트콩을 진두지휘하는
전쟁광으로만 받아들였다

철통 같은 감옥에서
어렵게 구한 종이에 은박지에
꾹꾹 눌러 쓴,
용기 있는 교도관을 통해 몰래 빠져나온

그의 번역시들을 아침저녁으로 읽으며
나는 혼자 배웠다

독재를 폭력을 불평등을 외세를
철면피한 인간들을 향한 분노와 투쟁을
무엇보다 자유를 혁명을
뜨거운 맨가슴으로 보여준
안 보이는 세상을 보는 눈을 뜨게 해준
그는 나의 독선생,
시인 김남주였다

두 손으로 들어올릴 수 있는 것은

지구본을 두 손으로 들어올릴 수 있을 것이다
그러나 그것은 쓸데없이 크고 식상한 구도뿐인데다
집 안에 둘 데도 마땅치 않다
겨울이 온 줄 모르고 발코니의 재스민 화분을 들어올렸을 때
그가 이미 죽어버린 것을 알았다
내 두 손이 조금만 부지런했더라면 죽이지 않았을 텐데
거실로 들여오며 그의 잃어버린 향기만 안타까워했다
두 손으로 받아들, 꼼수와 요령이 통하지 않는 정직한
개근상장 같은 게 주어졌으면 좋겠다
그러나 학교를 떠나온 지 까마득하고
지금의 나는 그때처럼 몸도 마음도 건강하지 않다
손주라도 있으면 어깨 위로 둥개둥개 들어올릴 수 있으련만
큰애는 아직도 수험생이고 둘째는 새내기 직장인이다
작은 김칫독 정도면 두 손으로 양귀를 잡고 좌우로
춤추듯 흔들어가며
파놓은 구멍을 향해 어정어정 갈 수 있겠지만
흙 한 점 만져볼 수 없는 허공에서만 허우적거리고 살아와
앞으로도 그런 기회는 좀체 오지 않을 것이다
식당에서 국밥 그릇을 찬과 함께 쟁반에 담아 와
두 손으로 정성껏 식탁에 내려놓는 장면도 보기 힘들어졌다
쇠집게로 운두를 찍듯이 찍어 쿵, 소리 나게 내려놓거나
한 손으로 탕, 하고 내던지듯 던지고 사라진다

내 가난한 두 손이 오늘 운좋게 할 일을 찾았다
죽은 벗이 써 남기고 간 추사 선생의 '小窓多明' 액자를
두 손으로 벽에서 떼어내어 다시 두 손으로
조금 옆자리에 옮겨 걸었다
두 손을 탁탁 털며 새삼 그 뜻을 음미했다
올해로 구순을 맞으신 어머니의 유분함을 머잖아
두 손으로 안아 올려 납골묘에 안치시킬 수 있겠지만
그 생각에 쓸쓸해지고 그 후로 오래 빈손일 걸 생각하니 더 쓸쓸하다
어느 바람 센 날 주막에 들러 막걸리 사발을 들어올리며
두 손으로 받들어올릴 수 있는 신이 있다면 하고 소망해보겠지만
그 가능성이 적어 단념한 지 오래되었음을 문득 깨달을 것이다

미간(眉間)

나비가 꽃 위에 앉아 날개를 접었다 폈다 하듯이
미간을 좁혔다 넓혔다 한다
어떤 궁리나 궁구나 심사숙고의 표현이 아니라
의미심장의 열렬한 표정 또한 아니라
저도 모르게 한순간을 쥐락펴락하는
이 발랄한 퍼포먼스!
세상사 인간사 이런 것들이 일으키는 미묘한 파장을
이렇게 미간 수작으로
작은 골짜기를 만들었다가 무너뜨렸다가 했다
그렇게 세월을 조몰락주물럭거렸다
벌도 조심스레 꽃판에 앉아 미간을 운용한다면
동굴 깊이 숨어 있는 꿀을 채굴하기 위한
나름대로 필요한 워밍업 동작이 아닐는지
이미 늙수그레해진 지구가 미간을 부풀렸다 오므렸다 하며
하루하루 나이를 더해가듯
미간을 좁힐 때마다 생긴 내 주름도 시나브로
지울 수 없는 자국을 남기게 되겠지
굴곡 많은 생활은 스팀 다림질로도 쉬이 안 펴지고
삼천갑자 동방삭처럼 오래 살 욕심이 없어도
내일 또 내일 잊지 않고 미간을 조이고 풀며 살아가겠지
어느 날 죽음의 골짜기로 눈보라가 덮쳐
그 흔적을 깨끗이 지워버릴 때까지

열심으로 열심히 미간을 찡그리며 애무하며 살아봐야겠지
풀방구리에 뻔질나게 쥐 드나들듯이
외톨이별이 되지 않으려고 별들이 쉼 없이 내남없이 깜박거리듯이

어느 꽃 핀 바위에 대해 묻는 일

먼저, 바위 이름까지 꼬집어 밝힐 순 없으니까
편한 대로 너럭바위라고 해두지
그 바위 한가운데 조롱박 크기로 움푹 파인 곳에
어느 날 바람이 흙 묻은 씨앗 하나 물고 와
떨구고 간 후에
비 내려 물이 고이고 햇볕이 내리쬐면
싹이 나고 꽃이 피겠지
그 꽃 이름을 굳이 알려고 하지 않아도 돼
(민들레꽃이라고 넘겨짚어도 괜찮아)
꽃 구경하러 나비가 벌이 날아와
잠시잠깐 앉아 쉬었다 가면
꽃은 전혀 내색을 안 하니까
바위에게 넌지시 묻고 싶겠지
간지럽거나 콧구멍이 벌렁거리지 않았느냐고
꽃 피기 전 물 한 모금 마시고 갔던 새가
(참새나 박새라고 우겨도 아예 모른다보다는 낫겠지)
어느새 핀 꽃을 보고 놀라 주위를 포룽거리다가
화라락 하늘로 날아올라가면
또 바위 보고 묻고 싶은 거 있지
가슴 한 구석이 찌르르 했어, 아니면 불에
데인 듯 화끈거렸나
바위가 어떤 답을 내놓을지 궁금하지?

(엉뚱깽뚱한 상상을 해도 누가 나무라겠어)
이렇게 바위에게 자꾸 묻고 싶은 건
꽃 핀 바위가 그만큼 살아 있다는 느낌 때문이야
자기가 만들어놓고도
무뚝뚝하게만 보여 항상 미안해하던
인정머리 없다고 손가락질 받을까 입 꾹 다물고 있던
하느님도 꽤나 즐거워할걸
꽃 핀 바위가 자길 보고 고마워 웃는다고
기꺼워한다고 착각해도 무리는 아니겠지?
(뭐 내 추측이지만 셀프 공치사를 누가 말려!)

상고대 마주하고

춘천 103보충대 대연병장
자대배치 받아 떠나는 날
양팔 간격으로 행선지 적힌 팻말들이 꽂혀 있는데
저마다 근심 걱정이 가득한 신병들 사이에서
"인제 가면 언제 오나 원통해서 못 살겠네"라는 말이
파도타기하듯 퍼져나갔다
하나같이 전방으로 팔려가는 마당에
인제, 원통이 그중 최악이었을까
그 줄에 따블백 메고 쭈뼛쭈뼛 들어서는 새까만 이등병들이
초여름인데도 으스스 추워 보였다
그 줄에서 가까운, 그래서 그와 오십보백보일
내 처지도 거기 안 낀 건만으로 십년감수했다고 여겼을까
인제에 간다, 인제군 북면 용대리 만해마을에
방 하나 얻어 간다
청춘의 한때 배소(配所)처럼 각인되었던 곳
중늙은이 나그네 마중나온 건 한 줌 배려 없는
눈 폭탄, 폭설 강습뿐이었다
닦달해대던 나를 잠시나마 달래가며 눕혀놓고자
한 달 보름을 금치산자의 멍에 쓴 몸이 되어보고자
아비규환의 저잣거리를 떠나왔다
하룻밤에도 서너 차례씩 요동치던 꿈이
신기하게도 한 번도 얼씬대지 않은 채 첫 눈을 떴다

북천을 등지고 서서 통창 밖
한 폭 진경산수화를 본다
소나무 집성촌 상고대 본다
상고대?
혹 상고시대의 눈이 면면히 이어오며 피워내는 꽃이 아닐까
그 옛날옛적에도 이런 한겨울엔
누군가도 저 상고대 보았으리라
푸나무 솔가지라도 한 짐 지고 가던 사내라든가
올무에 토끼라도 걸려들었을까 살펴보러 나온 남정네라든가
지게작대기나 지팡이 옆구리에 끼고 손 호호 불다가
눈 들어 눈보라 몰려오는 골짜기 노려보다가
쌔하얀 입김이 먼저 그의 손 어루만져주고
그 나머지 기운 저기 소나무로 날아가
눈과 함께 얼어붙어 그게 하마 꽃으로 피어났을라
움막에서는 지어미가 추위에 떠는 어린것들을 껴안고
토장국 식어질까 애태우다 다시 또 끓여가며
첩첩산 헤치며 돌아올 지아비 눈빠지게 기다리다
가끔씩 들썩이는 거적때기 빼꼼이 열고
휘둥그레 저 상고대와 눈 마주쳤을 것이다
상고대(上古代) 너머 상상고대(想像古代)가 피워낸
인간의 손길 하나 미치지 않은
이 백 퍼센트 자연산 상고대 수묵화

수묵화라니!
그런 용어조차 존재하지 않았던 날것 백색 시절
쓸쓸하지는 않게 콧노래라도 흥얼거리며
눈길 헤치며 가던 사내 멈춰 서 허리춤 풀고 소피보다
저 희고 고운 상고대에 열없는 앙가슴을 마구
부벼대기도 했을 것이다
그의 몇몇 대 손일지 도무지 가늠이 안 되는
백면서생 후손 하나가 넋놓고 바라보는
신새벽의 이 상고대 앞에서처럼

희미할 것도 없는 옛사랑의 그림자

우리는 토끼해 벽두 초밤에
두 귀 축 늘어뜨린 순한 토끼들이 되어
삼각지 골목 솔뫼집 이층에 모였다
집단 살처분의 악몽에서 벗어나는가 싶더니
끝내 미혹의 연기 세례는 피하지 못한
훈제유황오리를 시키며
미심쩍어하는 녀석들을 적당히 비웃어주었다
소주와 맥주와 막걸리를 주문하고
비음주파를 위해 따로 사이다를 가져오게 하였다
십수 년째 동결 중인 회비 이만 원씩을 내고
무엇보다 건강하자며 건배를 하고
소소한 덕담들을 나누었다
안산 상록수에서 주택임대업을 하는 말술 친구는
결핵에 척추 수술까지 받고
술 한 방울 입에 안 대고도 식지 않은 입담을 과시하고
스탠포드대학 박사과정인 아들을 보러 가야 하므로
다음 달 모임에는 불참한다는 그는 개인택시를 하는데
한때는 잘나가던 광고대행사의 매체국장이었다
짜맞추기라도 한 듯 망해가는 서울시 뉴타운 사업인데도
은평 지역에서 승승장구하는 공인중개사는
이번에 친손주를 봤는데 외손자와는 그 맛이 사뭇 다르다며
특별회비 오만 원을 쾌척하고

기무사 준위로 정년퇴직한 회원의 딸 혼례가
다다음 주에 여의도에서 있는데
예식 참여에 앞서 깜짝 이벤트로 한강유람선을 탈 예정이라고
동문 누구라도 환영한다고
열한 시까지 여의나루 선착장으로 모이라는 공지사항을 발표했다
아, 그래서 행여 동티날까 봐 오늘 그가 안 나왔구나
초창기 구로공단에서 봉제업에 뛰어들어 부침을 거듭한
풍운아 회원의 행불을 더는 방치할 수 없어
안타깝지만 자동제명으로 일단락되었다
하필 고향집 앞에서 팔촌동생 차에 치여
거반 죽었다가 살아난 건설 현장의 영원한 십장과
독실한 가톨릭 신자로 복사 환자 방문 수도원 노력봉사 등으로 바쁜
지하철 역장 출신은 아직도 담배를 못 끊었는가
서로 눈 맞춰가며 자리를 뜨고
언제 어느 자리였던가 기지촌 지번 아래 한동아리로 살았던
죽은 동창 이름 하나하나 호명하다 보니
사분의 일 가까운 서른여 명이나 되었다
아직은 그 명부에 들지 못한 우리를 하늘 어디에선가
염라가 붓을 들고 호시탐탐 내려다보고 있겠지
그 낌새를 제가끔 알아차렸을까

일찍 모임을 끝내고 일어섰으나
이차도 노래방도 이제는 흘러간 추억의 물목
골목을 빠져나오니 장안의 명물이었다가 흉물이 되었다가
깜쪽같이 사라져버린 삼각지 로터리의
입체교차로가 서 있던 자리에서
한 점 그림자도 남아 있지 않을 그 언저리에서
너는 건너편 지상으로 너는 이쪽 지하로
너는 이 노선으로 너는 저 노선으로
손 들어 하나씩 둘씩 흩어져가고
그렇게 모두가 돌아가는 삼각지가 되어 되돌아가고
창신동 꼭대기에서 구멍가게 하며 샌드백 두드리다
해군 백구부대 용사로 월남 갔다 와
인천 월미도 군견 훈련관 상사로 전역해
그 주특기 살려 김포공항 뒤 오쇠동에
한양애견학교 차려
맹견 중의 맹견인 로트와일러나 도베르만 핀셔까지도
부처님 손바닥 안의 손오공처럼 데리고 놀았지만
하루가 다르게 힘에 부쳐 폐업을 고려 중이라는
불알친구인 소장과 함께
한강 쪽에서 마구잡이로 불어오는 칼바람을 맞으며
용산역을 향해 허청허청 걷기 시작했다

이것은 봄꽃인가 눈꽃인가 봄눈꽃인가

봄이 와 꽃이 피는 거라고
꽃이 피어 봄이 오는 거라고
오래된 벗들과 입씨름하며
산에 올라
나무들 물 긷고 새잎 돋는 소리 들으면
우리는 이제 고목이라느니
고사목이라느니
억울해했지

그날 산사나무에
흰꽃 핀 것 보았노라
마음에 두고
가지마다 품앗이로 송이송이
꽃 핀 후 다시 와 보리라
작정해 두었는데
그새 그 벗들 순번 없이
하나둘 세상 뜨고
오늘 겨울 끝자락 혼자
찾아와 보니
그 산사나무에 언제 꽃이 피었어라!

이것은 봄꽃인가 눈꽃인가

봄눈꽃인가
탐스런 가지 하나 잡으려는 마음 멈칫,
먼저 간 벗들을 위해
가지 끝동 눈 조금 털어내
예전에 함께 보았던 꽃자리 다시 보여준다

너희 있는 곳에도 해마다 꽃은 피는가
과연 봄이 오기나 오는 세상인가
누구 아무라도 좋으니 대답 좀 해다오!

백세시대

두보 선생,
쉰여덟에 수(壽) 누림을 끝냈으니,
칠십 년 세월이 아득했던가
그 피안까지 가지 못할 걸
미리 알았던가
그래서 '인생칠십고래희'*라고
읊었던가

그런대로 맛스런 시간일지
맛이 가는 나날일지
아직은 감이 잡히지 않는
백세시대에
'인생백세다반사(人生百歲茶飯事)'
어느 성마른 후학이 쓴 이런 글을 보고

두보 선생,
당신은 무슨 생각을 할까
그런 데 관심 없다고 외면하고
그냥 사방을 휘휘 둘러보잖을까
북망산천이 외진 마을이 아니라면
술집 또한 있지 않을까 하고
하면 수의 잡혀 술 한잔 걸칠 수

있지 않을까 하고
쩝쩝 입맛을 다시잖을까

그리고 이런 염려를 잊지 않을지도
천년만년 사는 것도 좋겠지만
그때까지 외상술 줄 주막이 남아 있을지
병든 몸인데다 추레한 행색이라면
주모 여편네가 위아래로 샅샅이 훑어보며
삿대질하며 문전박대나 하지 않을는지

* 두보(杜甫, 712~70, 당대 시인)의 시 「곡강(曲江) 2」에 이런 칠언절구가 보인다.

주채심상행처유(酒債尋常行處有): 가는 곳마다 외상 술값 있지만
인생칠십고래희(人生七十古來稀): 인생 칠십은 예부터 드문 일

Heaven과 Hell이 타성받이가 아니거늘

독실한 기독교인도 신실한 불교도도 못 되므로
죽어 냅다 지옥에 떨어지거나 억에 억억만지 일 확률로
극락이나 천국에 오르는 것
물론 그건 제 소관이 전혀 아니겠지만
박우만은 허락된다면 연옥이란 데서
얼마간 서 있고 싶다
단테의『신곡』중「지옥편」만을 읽고 올라와
(천국과 지옥은 동전의 양면같이 생각되어「천국편」은
안 읽었고,「연옥편」은 게을러서 못 읽었다)
연옥 그곳의 지형도를 가늠해볼 수 없으므로
높은 산과 황량한 벌판만 있는 곳이라면 어쩔 수 없지만
박우만은 햄릿이 아니니까 연옥을 유황불이
물밀듯이 밀어닥치는 곳이라고 믿고 싶지 않고,
고맙게도 작은 바다라도 있으면 그곳에 얼마 동안
머물다 가고 싶다
밀물 때인가 썰물 즈음인가 눈대중으로 살펴보다가
그 순환처럼 삶은 단순하지도 조화롭지도
않았다는 것을 수긍하고
고통이며 재앙이었다고 투덜거린 것도 잠시 잊고
낯선 여기 바닷가에서
여수 밤바다 노랠 흥얼거릴지도, 그날 보았던 갈매기와
일가친척일지 모를 갈매기 서너 마리가 눈앞에서 날고

있다가 그중 하나가 수면 가까이 내려오며
넌지시 건네는 말
"오늘은 혼자 있어도 전처럼 화나거나 불만 가득한
얼굴이 아닌 것 같군. 인생은 고해란 말을 입에 달고 살더니
이제 시효가 끝나 안심이 되어 그런가?"
박우만은 놀라 물었다
"어떻게 알았나? 귀신이 따로 없네. 그리고 또?"
"처음으로 외롭지 않아 보이는데 좋은 일 있어?"
옆에 있던 다른 갈매기 하나가 눈 마주치려 들면 이번에는
잠시 먼 수평선을 바라보다가 답하겠지
"외로운 건 이미 다 쓰고 와 재고가 없어 그렇게 보일지도……"
더는 대화 나눌 기분이 아닌 듯 갈매기들이 사라지면
삶 한 판이 즐거운 굿판이 아니라 온통
아수라 난장판이었음을 이제야 알고
이제서야 겨우 깨달았다 한들
그 판 속으로 다시는 돌아갈 수 없어 천만다행이다 한들
곧이어 수평선 저쪽
더이상 들끓는 해도 없고 달무리 두른 달도 없고
명멸하는 별들도 없는 어딘가로 넘어가거나
등 뒤 어느 쪽으로 사라져야 할
이 낯선 곳 낯선 풍경에 어리둥절해 하고 있는 내 발밑으로
무언가가 조용히 다가올지도

고해의 마지막 전진기지일지도 모를
연옥 바다의 무심한 파도 하나가
가만가만 각질 덧낀 내 발바닥을 적시러 올지도
그리고 이렇게 속삭일지도
그만 머뭇거리고 어서 네 마지막 길 찾아 떠나라고
나도 곧 소멸할지 모르겠다고
우리에겐 촌초(寸秒)의 여유도 허락되지 않았다고
박우만은 기다렸다는 듯 내 종착지가 이곳이 아니라면
지옥이든 천국이든 먼저 부르는 쪽으로 두 손 들고 가겠다고
Heaven과 Hell이 손바닥과 손등이 한살이이듯
서로 눈 흘길 타성받이가 아니겠거니
예까지 와서 어디로 가든 괘념할 필요 뭐 있겠느냐고
중얼거릴지도
황막한 연옥 밤 바닷가에서

라이더 라이더 라이더!

라이더!
지열이 끓어올라 풀 한 포기 자라지 않는
아스팔트 사바나를 달리던 시절도 있었지만
지금은 영하 십사 도 혹한의 계절
안전모에 고글에 마스크에 방한복 방한화에 손토시에
열선 달린 핸들 커버로 중무장하고
일분일초의 지체도 지둔도 박약도 나태와 태만도
용납하지 않는 질주를
죽기 살기로 오직 살기 아니면 죽기로
오로지 전속력으로
하느님보다 신뢰하는 내비가 인도하는 곳
이끄는 곳으로
달려라 달려라 달려라!
웬만한 신호는 가볍게 무시하라
그깟 교통 법규에 얽매이지 마라
사차선 사거리 교차로 빨간 불에도 달려나가라
차량과 차량 사이 도로와 인도의 연석 틈바구니도
적토마같이 아니 꼬리 없는 귀신처럼 귀신같이 빠져나가라

라이더 라이더!
별 특별할 것도 없는 특별시민들의 한 끼 식사와
맛있는 먹거리와 주전부리를 위해

일천만의 각기 다른 예민하고 까탈스런
구미와 미각과 식감을 위해
그들의 재촉하는 목구멍의 혓바닥을 향해 달리는
우리는 폼나는 할리데이비슨 유람객이 아냐
디카르 랠리의 프로 바이크 드라이버들도 아냐
너나없이 무명 선수들인 우리는 눈부시게 회전하는
강철 바퀴에 온몸을 싣고
바람처럼 빠르고 빛보다 예리하게 바큇살을 굴릴 뿐
온갖 탈것과 인파와 분진과 장애를 뚫고
우회로는 치명적인 오류 사선을 넘어 사선을
넘어 사선을 뛰어넘어
우리는 꿈꾸지 않는다 우리 희망은 불타오르지 않는다
그런 여유와 사치는 환상, 그런 상상력은 오만
기다리는 고객을 지치게 하는 건 끔찍한 죄악

라이더 라이더 라이더!
속도에 속도가 가속도가 붙는
막 삼경을 넘긴 시간
오늘의 마지막 레이스에 가빠오는 숨결
명치끝에 소진해가는 불길
온종일 학대받은 거치대 스마트폰이 발악한다
내비가 몸서리친다

건당 아메리카노 한 잔 값의 보수로 목숨을 담보받는
나는 배달의 용사
우리는 깃발 없는 기수들
저기 저 앞 얼굴 없는 지하차도 암문으로
이 악물고 내닫는 나를 누가 막느냐
누가 저지할 것이냐
빵과 눈물과 사랑과 똥과 오줌과 분노와 좌절과 절망과 싸우는
서울시민들이 특별하게 베푸는 적선과 시혜와 자비를 향해
치타가 되어 가젤이 하이에나가 되어
심야에도 잠들지 않고 눈 부릅뜬 채 서 있는
사천대왕 그대도 비켜다오!
성난 비호가 되어 내달려가는 내 앞을
가로막지 말고 신속하게 통과하게 해다오!

라이더!
　　　　라이더　라이더!
　라이더　라이더　라이더!
　　　　라이더　라이더　라이더　라이더!
　　라이더　라이더　라이더　라이더　라이더…………

서오릉 대빈묘 앞에서

오른편 저 안쪽의 명릉을 바라보며
단풍나무 단풍잎이 깔아논 비단길을 지르밟고
경릉 지나 굽이 돌아
조금씩 허리 일으키는 에움길 오르며
가까운 소나무 길로 갈까 그 너머 서어나무 길로 갈까
발길이 알아서와 마음이 이끄는 것 어느 쪽이 더 나을까
생각하는 중에 문득, 당신을 만났습니다

일직선으로 곧게 뻗은 어도는커녕 홍살문도
정문(旌門) 그림자도 없이
안내판만 덩그러니 세워져 있는 곳
근왕과 왕비의 위엄과 품격은 눈곱만치도 없는
사대부 근처에서도 한참은 먼
일개 현감 정도의 묘역인지라
누구나 그냥 지나쳐도 책잡힐 허물은 아니겠습니다

희빈이여, 장희빈이여
어느 필부의 품인들 아늑하기만 하겠는가만
구중궁궐 안 성은 망극한 분의 침소인들
봄바람만 살랑거렸겠는가만
긴긴 밤 오지 않는 님 기다리다 지쳐
시기와 질투로 달아오른 몸이 갈피를 못 잡아

이글이글 타오르는 숯불에
한껏 달군 인두로 가슴을 지지다가
끝내 극단으로 치달아 님의 눈밖에 난 장희빈이여

가시울타리 섶에 외로 누워
큰 관 벗어 헝클어진 머리에 낀 새치를
설움과 한숨으로 헤아리며
눈물을 흘리고 흘렸으려니

희빈이여, 왼쪽으로 고개를 틀면 한때
그대의 지아비였던 왕과 왕후의
명릉이 돌올하게 서 있는지를 아는지 모르는지
구천의 혼이 처처를 떠돌다 어쩌다가
님의 거처 지근거리에 마지막으로 눕게 되었으니
이런 기구한 인연이 또 있을까마는
폐위당하고 사약 받은 몸이라 능 한 자락에도 들지 못하고
민묘는 면하게 선심쓰듯 석물 몇 개로
구색만 갖춰 놓은
그대 뫼등 아래에서 다람쥐 한 마리 제 흥에 놀다
낯선 기척에 깜짝 놀라 혼쭐 빠지게 사라지는 곳
이 영물이, 희빈이여 장희빈이여
저 저잣거리의 패랭이같던 날들의

떠꺼머리 장옥정(張玉貞) 그대가 아닐는지

소나무 길 서어나무 길 어느 쪽이든 그게 무슨 대수일까
그대 무덤 앞에서 갈 길 잊고 한참을 서 있었습니다

해 질 녘

꽃밭 사이 길이 있어
그 길 따라 걸어갔습니다
새소리 높고 나비가 날고 구름 그림자 일고
이울고 하였습니다
발자국 소리 웃음소리 멀어져가고 있었습니다
물웅덩이 건너갈 때
물 위에 뜬 기름이 송사리 서너 마리를
오색빛으로 치장해주고 있었습니다

길이 자주 끊겼다가 한쪽으로
비스듬히 기울어져 가느다랗게 이어갔습니다
어느 갓길이라고 할 수 없겠습니다만
갓길이라고 부를 만한 길이 아닌지도 모르겠습니다만
그 가로 조그만한 꽃들이 두세두세 피어 있었습니다
처음 보는 꽃이라 이름을 물어보았습니다
누군가 귀엣말을 하듯 "해우(解憂)꽃"이라고 대답해주었습니다
그러면서 어둡기 전에 어여 어서 가라고
조막손을 조그맣게 흔들어주었습니다

제 마지막 몇 안 남은 날들은 저들처럼 되게 하소서

물방울 하나로

천둥 번개 끝나는
세상의 끝날
그 날

비 그치고
바람 자고
물방울 몇 낱
똑 똑
지상으로
떨어질 때

(아, 물거품만으로 살지 않았구나!)

떠나리
물방울
그 소리의
길을 타고
오르리
사라지리
우주 속
물방울 하나로

| 해설 |

고래희의 시

'인생칠십고래희'와 '인생백세다반사' 사이에서

최재봉(작가, 문학 전문기자)

박해석 시인은 1995년, 시집 한 권 분량의 미발표 시를 대상으로 공모하는 고액 문학상에 당선하면서 활동을 시작했다. 그러니까 올해는 그의 등단 30년째가 되는 해이다. 등단할 때 이미 마흔다섯 지긋한 연치였던 그는 바야흐로 칠십 대 중반의 나이에 이르렀다. 그는 문학상 당선작을 묶은 첫 시집『눈물은 어떻게 단련되는가』(1995)를 필두로 그동안『견딜 수 없는 날들』(1996),『하늘은 저쪽』(2005),『중얼거리는 천사들』(2017)까지 신작 시집 네 권을 내놓았고, 2020년에는 시선집『기쁜 마음으로』를 펴내기도 했다. 2020년은 그의 등단 25주년이자 고희에 해당하는 해였다. 알다시피 '고희'란 두보의 시「곡강(曲江) 2」에 나오는 '고래희'(古來稀)의 줄임말로, 일흔 살이란 고래로 드문 나이라는 의미를 지닌다. 두보의 시대에 비해 지금은 수명이 크게 늘었기 때문에 느낌이 다를 수 있겠지만, 그럼에도 고희는 가령 시인이라면 그간 쓴 시들 가운데 애착이 가는 작품들을 골라 선집으로 내기에 적절한 계기가 된다 하겠다.

『방황하는 박우만의 사회』는 박해석 시인이『중얼거리는 천사들』 이후에 쓴 작품들을 모은, 그의 다섯 번째 신작 시집이다. 그사이에 시인은 일흔 고개를 넘어섰고, 그런 점에서 고희를 전후해 쓰인 이 시들을 일러 '고래희의 시'라 할 수 있겠다. 마침 이 시집에는 두보의 「곡강 2」를 언급한 「백세시대」라는 작품도 보인다. 두보 시대의 일흔에 해당하는 지금의 나이가 백 살이라는 취지에서 두보의 시구 "인생칠십고래희"에 "인생백세다반사"라는 당돌한 패러디를 대비시킨 작품이다.

이 작품을 비롯해 시집에는 노인과 노년을 다룬 작품들이 여러 편 들어 있다. "하나같이 모자를 쓰고 앉아 있"는 지하철의 노인들 모습을 포착한 「면류관들」, 탑골공원 벤치에 "앉아 있"다가는 이윽고 "기울어"지고 마침내는 "눕고 있"는 노인들의 무기력과 절망을 묘사한 「탑골공원에서」가 대표적이다. 「옛 버들방천에 올라」와 「삶의 삶」은 노년에 이른 시인 자신을 등장시킨 듯한 작품들인데, "나는 쓸데없이 나이만 먹었구나"(「옛 버들방천에 올라」) 또는 "딱히 후회니 회한이니 그런 거 말고 추억을 추억한다든지……"(「삶의 삶」) 같은 구절들에서 보듯 노년의 회한 또는 추억의 정조가 지배적이다.

노년은 바야흐로 죽음에 가까워지는 나이다. 동창회에 모인 친구들이 "죽은 동창 이름 하나하나 호명"(「희미할 것도 없는 옛사랑의 그림자」)하거나, 오래된 벗들과 산에 올랐던 추억을 되씹던 화자가 "그새 그 벗들 순번 없이 / 하나둘 세상 뜨고 / 오늘 겨울 끝자락 혼자"(「이것은 봄꽃인가 눈꽃인가 봄눈꽃인가」) 그 산 그 자리에 다시 와 보는 장면은 또래 친구들의 죽음이라는 방식을 통해 야금야금 노년을 압박하는 사신(死神)의 그림자를 알게 한다. 한밤중 낯선 역에서 전철을 기다리는 화자의 모습을 하필이면 "염 끝내고 입관 기다리는 시신처럼 미동도 없이"(「금정역에서」)라 묘사하거나, 특히 노인들이 자주 오가는 지하철역을 무대로 삼은 작품의 화자가 "저승사자가 부르면 / 앙탈 안 부리고 군말 없이 떠날 거요"(「종로3가 환승역에서」)라 말하는 장면에서도 노년과 죽음의 친연성은 분명해 보인다.

시집 마지막에 실린「물방울 하나로」는 죽음—이라기보다는 존재의 소멸에 대한 예감과 그 절체절명의 사태를 앞둔 각오를 피력한 작품이다. 시의 도입부를 이루는 "천둥 번개 끝나는 / 세상의 끝날 / 그 날"(「물방울 하나로」)은 세상이 끝나는 날이 아니라 시의 화자가 삶을 마감하는 날을 가리킬 테지만, 한갓 개인 차원의 그 작은 사건에 자연과 우주가 호응하면서 극적인 무대장치를 마련해 준다. 그렇게 천둥 번개가 끝나면서 "비 그치고 / 바람 자고 / 물방울 몇 낱 / 똑 똑 / 지상으로 / 떨어질 때", 화자는 그 떨어지는 물방울 소리의 길을 타고 거꾸로 하늘로 올라 우주로 사라지겠다고 말한다.

떠나리
물방울
그 소리의
길을 타고
오르리
사라지리
우주 속
물방울 하나로

—「물방울 하나로」 마지막 연

짐작하겠지만, 이 작품에서는 박정만(1946~1988)의 「종시(終詩)」의 메아리가 울린다. 이른바 '한수산 필화 사건'에 연루되어 보안사에 끌려가 혹독한 고문을 당한 끝에 만신창이가 되어 풀려난 박정만은 말년에 장강과 같은 술을 마시며 비명을 토해 내듯 수백 편의 시를 한꺼번에 쏟아냈다. 그가 죽음을 예감하고 쓴 「종시」는 "나는 사라진다 / 저 광활한 우주 속으로."라는 단 두 줄 속에 삶과 죽음, 인간과 우주의 아득한 차원을 담았다. 박해석 시인은 『눈물은 어떻게 단련되는가』에 실린 「박정만」이나 『하늘은 저쪽』에 실린 「벽」, 『중얼거리는 천사들』 수록작 「종로유사」 등에서 학교(경희대 국문과) 선배이기도 한 박정만의 사람됨이나 그와의 일화를 풀어놓기도 했거니와, 「물방울 하나로」는 박정만의 「종시」에 대한 일종의 오마주로 읽을 수도 있겠다.

그런데 잊지 말아야 할 것은 죽음이라는 궁극의 사태가 닥치기 전까지 사람은 어떻게든 살아야 한다는 사실이다. 누구에게든 언젠가 죽음이 찾아온다는 것은 지극히 자명한 진리로되, 시쳇말로 산 사람은 살아야 한다. 죽음이 가까운 노년의 날들이라고는 해도 아직은 어디까지나 죽음이 아닌 삶의 시간이기 때문이다.

박해석 시인의 시가 삶과 세상의 실상에 직핍한 면모를 지녔다는 사실은 첫 시집에서부터 뚜렷했다. 그의 시는 한국시의 중요한 한 축을 이루는 리얼리즘 계열로 분류되곤 한다. 신경림 시집 『농무』는 한국 현대 리얼리즘 시의 물꼬를 튼 성과로 꼽히는데, 박해석 시인의 문학상 수상 당시 신경림 시인이 심사를 맡았다는 사실이 예사롭지 않다(다른 두 심사위원은 정현종 시인과 유종호 문학평론가였다). 신경림 시인은 심사평에서 "세상을 어렵게 살아가는 사람들의 아픔과 고뇌의 구체적 형상화"를 박해석 시의 장처(長處)로 꼽았고, 그런 성격은 이어진 세 시집은 물론 이번 시집에서도 분명해 보인다.

> 공인, 너희에게 묻는다
> (…)
> 아등바등 악착같이 살다보니
> 체면과 품위 제대로 갖추지 못한
> 국민(國民)인 우리를 그렇다고 매번 한꺼번에 싸잡아
> 궁민(窮民)으로 궁민 여러분들로 만들어 버리다니!
>
> — 「공개서한」 부분

이 재미난 시는 이른바 공인들이 "궁지에 몰리고 명성에 흠집날 때면" 으레 "국민 여러분께 심려를 끼쳐 죄…" 운운하며 사태를 모면하려 하는 장면을 소재로 삼았다. 그들이 계기를 만나면 앵무새처럼 입에 올리는 '국민'이 발음상 '궁민'과 같다는 데에 이 시의 착안점이 있다. 궁민이란 '생활이 어렵고 궁한 백성'이라고 사전에 풀이되어 있고, 그런 점에서 신경림 시인이 박해석 시인 문학상 당선 심사평에서 쓴 "세상을 어렵게 살아가는 사람들"과 통하는 말이다. 시의 화자는 공인들의 '국민 / 궁민' 운운에 짐짓 불쾌감과 항의의 뜻으로 공개서한을 보내지만, 이것은 사실 궁민의 한 사람으로서 지니는 "긍지와 명예"(「공개서한」)의 반어적인 표현으로 보아야 한다. 시의 인용부에서 궁민의 특징인 "아등바등 악착같이"는 공인들의 겉껍질인 "체면과 품위"와 대조를 이루는데, 화자의 애정이 후자

보다는 전자에 가 있다고 보는 것이 시의 바른 독법일 것이다. 그런 점에서 박해석 시인의 시를 설명하는 열쇳말로 '궁민의 세계관'을 들 수 있겠다. 그렇다면 궁민의 세계관은 구체적으로 어떤 것일까.

> 오로지 하루치 양식을 벌려고
> 버러지놈들은 할 수 없다는 소리 듣지 않으려고
> 이 악물고 열심히 뼈빠지게 노력 중이야
>
> —「벌레는 뭘 벌지?」 부분

> 누구를 탓할까 타박하지 않고
> 원망과 질투에 마음 빼앗기지 않고
> 끝끝내 저 혼자만의 힘으로
> (…)
> 이 끈질긴 생명력 무한한 생존 능력을
>
> —「칩보다 침」 부분

궁민의 세계관이란 말하자면 이런 태도와 자세일 것이다. 인용한 두 시에서 벌레와 침은 궁민의 애옥살이와 검질긴 생명력을 상징하는 대리물들이다. 더럽고 보잘것없지만 생존을 위해 최선을 다하며, 타인을 탓하거나 질시하지 않는 자강·자존의 존재가 시인이 생각하는 궁민이라 하겠다. 그런 궁민의 한살이를 인상적으로 그린 작품이 「서울 세석평전」이다. 이 시에서 서울의 남쪽 경계인 남태령을 넘어 서울에 입성한 이들은 "꼽꼽쟁이로 / 대갈마치로 / 난전에 애막에 / 매나니 / 날품 / 애옥살이로 / (…) / 밤낮으로 몸 팔고 / 마음 팔고" 애를 쓰지만, 그런 몸부림이 무색하게 생을 마친 뒤에는 결국 서울의 북동쪽 경계인 망우리 언저리로 속절없이 떠밀려 간다.

> 한겻 한나절 세나절을
> 드잡이로 배지기로
> 호미걸이로
> 용쓰다가 앙버티다가
> 엉덩방아 찧다가
> 애고대고 곡도 없이
> 상여도 만장도 없이
> 모래알 하나
> 쫓기듯 내몰리듯
> 무악재 지나
> 망우리고개 어디
> 간다 간다
> 구름 따라
> 발도 없이
> 흘러 흘러
> 간다
>
> —「서울 세석평전」 뒷부분

시를 읽다 보면 적수공권의 분투와 무력한 패배를 반복하는 것이 궁민에게 주어진 운명인 듯 여겨지기도 한다. 궁민의 대척점에 있는 "공인"(「공개서한」) 또는 "식자들"(「벌레는 뭘 벌지?」)의 번드레한 외관 및 처신과 비교할 때 그 점은 한결 뼈아프게 다가온다. 이렇듯 객관적 형세가 궁민에게 압도적으로 불리하고 가망 없어 보인다는 인식은 비관과 슬픔을 자아낸다. "간 빼어 먹으려는 놈 있는 곳에 쓸개 빠진 사람 넘쳐난다고 / 그러니 어디에 있든 아무나 함부로 믿지 말라고"(「박우만 본가입납」)라거나 "삶 한 판이 즐거운 굿판이 아니라 온통 / 아수라 난장판이었음을"(「Heaven과 Hell이 타성받이가 아니거늘」)이 낙담과 비관의 표출이라면, "나도 이제 네 진한 과육 같은 눈물 한 방울 / 대지 위에 떨궈보련다"(「박우만, 눈에 칼을 대다」)나 "그 앞에 말없이 오래 서 있는 사람은 / 너처럼 붉은 울음 오래 참았던 사람이다"(「동백장」) 같은 대목은 비관이 넘쳐 눈물과 울음으로 표출되는 모습을 보여준다. 그런데, 울음은 물론 수동적이고 소모적인 감정의 소산이지만 그것으로 그치는 것은 아니고 적극적이며 생산적인 효능 역시 지닌다. 울 일이 있을 때 미처 울지 못하고 울음을 눌러 두기만 해서는 그것이 쌓이고 쌓여서 커다란 병통으로 이어질 수도 있다. 울어야 할 때 제대로 우는 것만으로도 마음이 정리되고 후일을 기약할 힘이 되는 법이다. 일찍이 연암 박지원이 연행 길에 탁 트인 요동 벌판을 접하고는 "한바탕 통곡하기 좋은 곳"이라 감탄했다는 일화를 『열하일기』에 소개하고 있는데, 그 일화에서 제목을 따온 「호곡장(好哭場)」은 울음의 그런 순기능에 착목한 작품이다.

오늘 울 일이 생겨
울 곳을 찾아 헤매다가
결국
지구 위에서 울었다

이 행성 밖 어디에도

통곡할 데가 없어서

— 「호곡장(好哭場)」 전문

이 시의 화자에게 지구는 통곡의 한계이자 가능성을 담은 공간이다. 지구 밖 어디에서도 달리 통곡할 데가 없다는 것은 일견 한계라 하겠지만, 그 지구에서나마 마음껏 통곡할 수 있다는 것은 가능성이자 역설적인 축복일 수 있는 것이다. 그리고 이것은 박해석 시의 리얼리즘이 딛고 선 단단한 현실적 기반을 알려주는 대목이기도 하다.

박해석 시의 궁민이 비관과 슬픔에만 잠겨 있는 것은 아니다. 그들은 자주 분노하고 종종 투쟁 의지를 불태우기도 한다. 시집 맨 앞에 실린 「악화일로」에는 시인의 분신이라 할 '박우만'이 청년기부터 경구 삼아 챙겼던 구호가 소개된다. "성난 얼굴로 돌아보라!"라는 것이 그것이다. 그로부터 반세기가 지난 이즈음에 보니 과거의 자신과 같은 경구를 이마에 새긴 성난 얼굴들이 여전하다는 데에 이 시의 핵심이 있다. "한 오십 년 전 박우만이 / 이마에 새긴 것과 똑같이 / 노기 띤 얼굴들이 / 오와 열도 없이 거침없이 / 진격해오고 있다 // 그들을 바라보는 박우만도 어느새 또 / 성난 얼굴이 되어 있다"라는 시의 마무리는 박우만들의 분노를 유발하는 상황이 반세기 전이나 후나 다르지 않으며 오히려 제목처럼 악화일로를 걷고 있다는 인식을 보여준다.

상황이 이렇다면 마냥 인내하거나 비관만 하고 있어서 될 일은 아니다. 싸움이 필요한 것이다. 박해석 시의 궁민들이 싸움을 준비하거나 실제로 싸움에 임하는 모습은 아래의 두 시에 인상적으로 그려져 있다.

> 더이상잃을것이없는이들은
> 영육의검은수의로무장하고
> 고압전류의전율을온몸으로껴안고
> 척후병의세번까악까악까아악군호를기다리며
> 삭풍속에결사항전의시간을기다리고있다
>
> —「오감도(烏敢圖)」 부분

> 악에 받쳐 목탁을 두드려대며
> 세상과 맞서 싸움을 벌였는지 몰라
> 때로 더는 물러서지 않으려고 앙버티며
> 딱딱딱 딱딱딱 딱따그르르르
> 몸통이 깨져라 목탁을 치고
> 몸뚱이째로 목탁을 치고
> 앞으로 앞으로 나아갔는지 몰라
>
> —「탁발」 부분

「서울 세석평전」에 나왔던 '앙버티다'라는 동사를 여기서 다시 만나니 반갑고도 서글프다. 시인이 이 말을 궁민의 핵심적인 특징으로 보고 있다는 뜻이겠다. 그냥 버티는 것도 아니고 사력을 다해 끝까지 버티는 것이 앙버티기인데, 그 결과가 반드시 의도한 대로 나타나는 것은 아니다. 그렇기는커녕 대부분은 결국 버티기에 실패해 나가떨어지며 또다시 분루를 삼키기 십상인 것이 왈 궁민의 버티기다. 그렇다고 해서 그것이 아무런 소용도 없다는 뜻은 아니다. 앙버티기는 궁민의 지문과도 같은 특질이며, 성패와 상관없이 궁민에게 다시 살아갈 힘을 주는 것이기 때문이다.

박해석 시의 궁민들은 이렇듯 때로는 비관과 슬픔을, 때로는 분노와 투쟁 의지를 드러내지만, 궁민의 일원으로서 시인 자신에게 한결 어울리는 것은 역시 부끄러움과 반성이라 하겠다. 우선 「종이배」라는 시를 볼 텐데, 이 작품은 시인의 첫 시집에 실린 「겨울 동그라미」를 떠오르게 한다는 점에서 흥미롭다. 「겨울 동그라미」는 노량진역에서 자배기를 옆구리에 낀 채 전철에 오른 아낙이 뿜어내는 해감내를 피해 사람들이 뒷걸음을 치는 바람에 생긴 동그라미 모양을 포착한 작품이다. 「종이배」 역시 전철을 무대로 삼는데, 여기서는 다른 곳에서 자리를 찾지 못한 화자가 교통약자석의 빈자리를 찾아 앉지만 옆자리 사내한테서 나는 "해감내 같기도 시궁창 냄새 같기도" 한 냄새 때문에 괴로워하며 "옆자리의 사내가 사라져 주기만을" 바란다. 노숙자나 부랑아처럼 역한 냄새를 풍기는 동행을 피해 다른 칸으로 옮겨 갈까 하다가도 "사내에게 무안을 줄까 봐 이도 저도 못하고 있는데" 다행스럽게도(?) 사내가 먼저 자리에서 일어나고 결국 전철에서 내린다. 그렇게 사내가 사라진 뒤에도 그가 떨군 냄새는 차 안에 남아 화자의 코를 공격하지만 정작 괴로운 일은 따로 있다. 사내가 앉았던 자리에 놓아둔 작은 종이배 두 척이 그것. 그 종이배들은 사내가 다만 고약한 냄새나 발산하는 비인격적 사물이 아니라 종이배로 상징되는 꿈과 희망을 지닌 고귀한 인격체라는 사실을 상기시킨다. 종이배와 함께 남겨진 화자가 "부끄러운 나"라며 자책하고 반성하는 것은 그런 맥락에서다.

이쯤에서 「악화일로」나 「박우만 본가입납」처럼 앞서 인용한 시들에 나오는 '박우만'에 관해 언급하고 넘어가도록 하자. 박우만은 이 시들뿐만 아니라 시집 속 여러 작품에 나온다. 「박우만, 눈에 칼을 대다」「박우만은 오늘 서부에 간다」「박우만이 악어옷을 입는 날」처럼 박우만을 제목에 드러낸 작품들을 포함해 모두 열한 편의 시에 박우만이 등장한다. 아예 시집 제목부터가 '방황하는 박우만의 사회'일 정도로 이 시집에서 박우만의 존재감은 막중하다. 그렇다면 박우만은 누구인가. 그가 시인의 가탁임은 앞서 말한 바 있거니와, 그 이름이 하필 '박우만'인 까닭은 무엇일까. 짐작하건대 시인은 사회학자 지그문트 바우만과 그의 책 『방황하는 개인들의 사회』에서 얻은 영감을 박우만이라는 이름과 시집 제목에 차용한 것으로 보인다. '개인화한 사회'(The Individualized Society)라는 원제를 변용한 이 책의 핵심 메시지는 오늘날 인간들이 삶의 의미를 제공하는 공동체로부터 격절되어 불안하고 취약한 상태에 놓이게 되었다는 것이다. 공동체라는 보호막이 벗겨져 나간 이런 상태에서는 "모든 게 개인의 책임"으로 귀결되고 구성원들은 각자도생의 "고독한 투쟁"으로 내몰린다. 노동 유연성의 이름 아래 아무런 사회적 보장 장치도 없이 개인 간의 무한경쟁과 가혹한 착취 사슬에 포획된 현대인의 가엾은 초상을 바우만은 '개인화한 사회'라는 표현에 담은 것이고 시인은 그 한국어 제목을 자신의 시집 주제와 제목으로 가져온 셈이다. 그런 맥락에서 박우만은 곧 궁민으로 이해할 수 있겠다. 박우만=궁민의 처지와 심사는 아래의 인용 시들에서 선명하게 그려진다.

> 자발적 방콕 시절 거쳐 타의적 집콕 시대 오니
> 이런 난세에 박우만은 무엇을 할 것인가

(…)

정의가 퇴색하고 질서가 무너지고 권선징악도 씨알이 안 먹히는

이 시대 오늘을 돌아보게 만드는

사나이들의 분투에 그는 필이 꽂혔다

— 「박우만은 오늘 서부에 간다」 부분

박우만은 거리를 방황하다가 지방에서 온 여행객처럼

이곳 대형 복합몰에 들러 시간을 죽이다가

호기심 반 모험심 반으로 이 뜻밖의

각진 판옵티콘 같은 누드엘리베이터를 타고

잭의 콩나무처럼 높이높이 솟아오른다

— 「누드엘리베이터」 부분

특히 「누드엘리베이터」에서는 시집 제목을 연상시키는 '방황하는 박우만'이 실제로 등장하거니와, 이 작품의 나머지 부분들에서도 박우만과 그의 동료 인간들은 동일한 공간에 놓여 있음에도 유기적인 공동체를 이루지 못하고 다만 맥락 없는 개별자로 흩어져 있을 따름이다.

그렇다면 애옥살이로 내몰리는 궁민 또는 방황하는 박우만에게 출구는 없는 것인가. 이 시집에서 서울을 중심으로 이루어지는 각박한 삶의 해독제로 소환되는 것이 어머니와 가족 그리고 고향이다. 어머니의 존재감은 박해석 시인의 첫 시집에서부터 뚜렷했다. 그에게 어머니는 마치 윤동주 시 「별 헤는 밤」의 어머니처럼 그리움의 대상이자 절대적 가치의 척도로 다가온다. "어머니, 당신의 적은 산처럼 끄떡없는데 / 노래 하나를 품으면 그 산이 벼락치듯 무너져내려 / 당신 발아래 평

지로 눕게 될까요”(「노래 하나를 품으면」)라든가 “언제나 죄를 짓고 / 어머니 어머니 부르는 나날의 곤고 속에서 / 방울방울 눈물은 저를 키워가는 것인가”(「눈물은 어떻게 단련되는가」) 라는 대목에서 어머니의 그런 면모는 확연하다. 이번 시집 속 ‘시인의 말’에서 박해석 시인은 “어머니 영전에 뒤늦게 이 시집을 바친다”라고 썼는데, 시집 제4부에 집중적으로 실린 어머니 관련 시를 참조해 보면 시인의 어머니는 이 시집 속 시들이 쓰이는 중에 안타깝게도 명을 달리하신 것으로 짐작된다. 4부의 시들에서 그 어머니는 “병든 몸으로 낮과 밤을 뒤바꿔” 살며 “밤낮으로 밥을 달라고 보채”고 “누룽지사탕 하나만 하나만 달라고 애원하”(「겨울 영산홍」)거나 “간이 병상에 누워 (…) 나부, 나부라는 말만을 되풀이”(「나부 날다」)하다가는 마침내 유분함 속 뼛가루로나 남아 시인을 위로하기에 이른다(「두 손으로 들어올릴 수 있는 것은」). 그럼에도 그 어머니가 시인의 삶에서 지니는 절대적 의미는 아래의 시에 짧지만 강렬하게 표현되어 있다.

여러 용도가 있겠지만
눈물은,
어떤 이에게는
일용할 양식이다

그분의 그것을 받아먹고 자라
나는 이만큼 인간이 되었다

— 「눈물의 양식」 전문

어머니와 함께, 가족과 고향 역시 비슷한 역할을 한다. "엄마 엄마"라고 시작하는 「다슬기 식구」라는 시는 비 오는 날 어머니와 가족들과 함께 다슬기를 까먹던 추억을 회상하며 "엄마 엄마 / 이 다슬기들마냥 소생이나 많이 두었으면 좋았을걸 / (…) / 여기 다슬기들마냥 와글와글 모여 사는 게 어찌나 부럽던지"라 아쉬워하다가는 "다슬기 우리 네 식구 동그랗게 머리 맞대고 모여 앉아"라는 애틋한 구절로 마무리된다. 「다육이」라는 시도 비슷한 주제를 다루고 있는데, 거리에 나앉은 다육이 화분들을 보며 화자는 "너희가 부럽단다 / 왜냐하면 나는 형제가 너무 없기 때문"이라고 부러운 심사를 토로한 데 이어 "헤어진 내 피붙이가 못 견디게 그립구나"라며 자신의 처지를 털어놓는다. 「미타찰(彌陀刹)에서 만나면—향가 '제망매가'의 뜻을 살려」라는 시에 따르자면 시인의 두 여동생은 미국에서 살고 있는데, 부모님을 모두 여의고 유일한 피붙이인 누이동생들 역시 멀리 떨어져 있다 보니 가족을 향한 그리움이 한껏 사무치는 듯하다. 철저히 개인화한 현대 사회에서 마지막까지 남아 있는 공동체적 가치를 어머니와 가족, 고향이 구현해 왔는데, "한 해에 두어 번은 찾던 고향도 점점 멀어져만 간다"라는 시 「랜드마크」의 말미에서 보듯, 각박한 세상살이에 방패막이가 되어 주던 공동체적 가치가 점차 희미해져 가는 세태를 보며 시인은 다만 안타까움을 곱씹을 따름이다.

이제까지 시집의 내용과 주제 측면을 살펴봤다면 이제 시의 형식에 관해 짧게 언급하고자 한다. 리얼리즘 시는 현실에 관한 이야기를 담고 있게 마련이고, 그러자면 산문화하는 경향이 있는 게 사실이다. 운문의 짧은 길이와 형식적 틀이 이야기를 마음껏 풀어나가는 데 제약이 되기 때문이다. 산문시라는 시의 형식이 엄연히 있고 산문으로도 시적 긴장과 미학적 충격을 도모할 수 있다고는 해도, 산문 형식 시는 역시 방만하게 늘어질 위험성을 지닌다. 박해석 시인의 이번 시집은 이전 시집들에 비해 편당 분량이 길어지고 때로는 산문투로 늘어지는 경향도 없지 않아 보인다. 이야기를 담은 긴 분량의 시들에서 얻는 유익함과 즐거움도 있지만, 그보다는 상대적으로 짧은 분량에 리듬이 생생하게 살아 있는 시들에서 더 큰 재미와 감동을 맛보게 된다. 앞서 일부를 인용한 「물방울 하나로」나 「서울 세석평전」과 함께 「얼어붙은 피—로드킬」 같은 시가 대표적으로 짧지만 강렬한 울림을 주는 작품이다.

어디로든 가기는 가는 길이었을 것이다
햇볕 가릴 챙 달린 모자 없이
비바람 막아줄 우비 없이
인도해줄 향도 하나 없이
이쪽 마른풀에서 저쪽 가시덤불까지
엉금엉금이든 폴짝폴짝이든 쌩쌩이든
어떻게든 가기는 가려고 가는 길이었을 것이다
엎어지면 코 닿을 머나먼 길
죽기 살기로 건너야 할 머나먼 길
이 차안에서 저 피안까지의 머나먼 길
그 길바닥에 낮게낮게 엎드러진 것들
몸부림도 목울음도 오체투지도
그 길 위에 한꺼번에 재워두고
서둘러 노제까지 마친 저것들

오래된 화석이 되어 살아남으려고
해발 0밀리미터에 뜨겁게 가슴 맞닿아
한 오라기 얼어붙은 피로
평토장 쓴 저 목숨들

— 「얼어붙은 피—로드킬」 전문

길을 건너다 차에 치여 죽은 동물들을 기리는 추도의 시다. 동물이건 사람이건 애꿎게 희생된 목숨은 두루 소중하지만, 이 시 속 로드킬 당한 동물들에게서는 어쩐지 궁민과 박우만들의 모습이 보여 더욱 안쓰럽다. "죽기 살기로 건너야 할 머나먼 길" "몸부림도 목울음도 오체투지도" 같은 구절들에서 밑바닥 인생들의 신산스러운 애옥살이를 떠올리지 않기란 불가능하다.

「나 없는 곳」이라는 작품에는 "끊임없이 들키고 사는 나여, 박우만이여!"라는 구절이 나와 시적 화자와 박우만이 동일인임을 알게 한다. 다른 시들에서 삼인칭으로 불리던 박우만이 일인칭이기도 하다는 매우 중요한 고백이다. 시의 첫 연이 이러하다.

보았다고
한낮 종묘공원 비둘기 떼 떼거리로 내려앉아
맨땅에서 무언가를 열심히 쪼는 것을
물끄러미 바라보며
혼자 서 있는 것을

의표를 찌르는 단도직입의 도입부가 솔깃하다. 이어지는 다음 이야기가 궁금해진다. 둘째 연의 첫 두 행은 "얼핏 뒷모습을 보니 닮았더라고 / 바로 누구 같더라고"라며 첫 연 서술에서 누락되었던 정보를 부연해 준다. 같은 연의 마지막 두 행 "안개비 속에서 두리번거리더니 / 어디로인지 휘적휘적 걸어가더라고"는 '방황하는 박우만'에 관한 묘사로 적실하다. 이어지는 3연과 4연은 박우만의 방황의 단순 반복이 아니라 확장이자 주제의식의 심화를 보여준다.

술에 취했는지 가로수에 기대 있더라고
스르르 주저앉더라고
토하는지 우는지 어깨를 들썩이더라고
(…)
비 맞은 중처럼 구시렁거리는 것 같아
멀찍이서 한참 동안 지켜보았다고

'나'와 박우만이 동일인임을 밝힌 구절은 마지막 제5연의 첫 행이고, 시는 다음과 같은 두 행으로 마무리된다.

나는, 내가 없는 곳으로, 어느 날,
나도 모르게, 감쪽같이, 사라지고 싶다

나=박우만이 끊임없이 들키고 산다고 시인은 썼지만, 여기서 누군가들이 목격한 인물이 박우만과 동일인이라고 보는 것은 순진한 독법일 것이다. 그보다는 목격자들이 나=박우만으로 믿은 인물이 나=박우만을 닮은 다른 사람, 그러니까 익명의 수많은 박우만들이라고 보는 것이 시에 관한 바른 이해일 것이다. 그러니까 '나' 박우만은 한 사람이 아니라 그와 비슷한 수많은 다른 사람들이기도 하다는 것, 더 나아가 '박우만'이 시인 자신이자 수많은 박우만들이기도 하다는 사실을 독자는 헤아려야 할 테다. 그런 점에서 이 작품은 시집 전체의 주제를 총괄한다 하겠다.

「독선생」이라는 시에서 박해석 시인은 작고한 시인 김남주를 호명하며 "그는 나의 독선생"이었노라고 밝힌다. 김남주의 "분노와 투쟁을 / 무엇보다 자유를 혁명을" 보며 세상을 보는 눈을 떴다고 그는 썼다. 이 시집에는 또 「시집 코너에서」라는 작품도 있는데, 어두운 시대에도 그 시대에 관한 노래를 부를 것이라고 했던 베르톨트 브레히트를 이어받아 시인은 쓴다. "그런데도 시를 읽을 것이다 / 야만의 시대에 대한". 시인들이 항용 시에 관한 시, 이른바 메타시를 쓰고는 하지만 박해석 시인의 시를 향한 순정에는 각별한 데가 있다. 일찍이 등단작이자 첫 시집의 자서 마지막 줄에서 시인은 이렇게 외친 바 있다. "시여, 영원하라! 시인이여, 영광 있으라!" 시를 향한 절실함과 진정성을 담은 발언이었다. "아직 목숨이 붙어 있어 이렇게 시라는 걸 끄적거린다"(「나쁜 서정시」)라는 첫 시집 속 구절을 비롯해, 두 번째 시집의 "내 가슴 한구석의 응어리 점 / 세월이 갈수록 단단히 옹이가 박히는, / 늑골에 깊은 골짜기를 만들며 / 밤하늘의 유성처럼 / 피흘려 피흘려 황홀하게 타버린 / 그 금강(金剛)의 점 // 내 오래오래 붙안고 살리"(「검은 점」)라는 다짐, 세 번째 시집 속 "노래 때문에 나는 지지 않았노라고"(「내가 노래한, 아니 노래하지 않은」)라는 고백, 그리고 네 번째 시집 '시인의 말' 속 "마음으로나마 젊어지려고 나는 오늘도 이 몹쓸 놈의 시를 생각한다"라는 문장 등은 시를 향한 박해석 시인의 금강심을 부족함 없이 보여준다. 시인의 그런 태도는 이번 시집에 붙인 '시인의 말'에도 고스란히 이어진다.

> (…) 그동안 남의 눈치 안 보고 쓸데없이 여기저기 기웃대지 않고 온갖 것에 부대끼면서도 주눅들지 않고 싫은 내색 한번 없이 묵묵히 참고 견디며 오늘에 이른 이들이 하냥 안쓰럽고 대견하고 고마울 뿐이다.

여기서 시인이 안쓰러움과 대견함과 고마움을 표하는 대상은 표면적으로는 이 시집에 갈무리된 작품들이지만, 그 대상의 속성으로 들고 있는 면모는 시인 자신의 그것으로 보아 틀림이 없을 것이다. 박해석 시인이야말로 누구의 눈치도 보지 않고 자신이 쓰고자 하는 '환약의 시'를 쓰며 꿋꿋하게 30년 시업을 이어 왔으니 말이다. 어려운 여건에서도 등단 30년째에 다섯 번째 신작 시집을 묶어 낸 시인에게 축하의 인사를 보내며, 장년의 시 30년을 마무리하고 새롭게 노년의 시 30년을 향해 나아갈 시인의 앞날에 축복과 영광이 있기를 바란다.